Margarethe Lenk · Die Zwillinge

MARGARETHE LENK

Die Zwillinge

CONCORDIA-VERLAG
ZWICKAU

Die Deutsche Bibliothek - CIP Einheitsaufnahme

Lenk, Margarethe:
Die Zwillinge/Margarethe Lenk. - Zwickau: Concordia, 1992
ISBN 3-910153-23-2

Sprachliche Neubearbeitung: Andreas Holland-Moritz
Illustrationen: Heinz Donnerhack
Umschlagfoto: Helmut Höller
Cover und Typographie: Horst Adler
Herstellung: Druckhaus Harms, Groß Oesingen

Die Großmutter

Es war ein schöner, warmer Sonntagnachmittag im zeitigen Frühjahr. Die Straßen des kleinen Städtchens waren sauber gefegt. Die Leute spazierten im Sonnenschein oder saßen plaudernd vor den Häusern. Kinder spielten und lärmten auf dem Marktplatz und dem grasbewachsenen Hügel vor der Kirche. Plötzlich aber wurden sie still und sahen neugierig nach der geöffneten Kirchentür. Ein Taufzug trat heraus, dem zwei kleine Kinder vorangetragen wurden. »Burkhardts Zwillinge«, flüsterten die Kinder vor der Kirche, »ein Junge und ein Mädchen.«

Bald traten auch einige Frauen hinzu und wollten die Täuflinge sehen. Sollten das wirklich Zwillinge sein? Auf dem Arm der stattlichen Großmutter lag der Junge. Sein mageres, faltiges Gesichtchen sah aus wie das eines alten Mannes, die Augen waren geschlossen, und die dünnen Hände hingen schlaff herab. »Das ist ein schwächliches Kind«, meinte eine der Frauen. »Das macht nichts«, entgegnete die Großmutter, »immerhin ist es ein Junge! Ich werde ihn schon herausfüttern. Der kann noch stärker werden als alle seine Schwestern zusammen. Dafür laßt mich nur sorgen!« Nun lüftete die Patin auch den Schleier, der das Gesicht des Mädchens bedeckte. Es war nicht leicht, denn das Kind hatte ihn mit den kleinen Fäustchen gepackt und hielt ihn fest. Die klaren, dunklen Augen blickten munter darüber hinweg, und der kleine rosige Mund schien schon zu lächeln. Was waren das für runde Bäckchen, und was für dichte, dunkle Härchen sahen unter dem weißen Häubchen hervor! »Ei, Frau Rösler«, meinten die Umstehenden, »ihr Patchen ist ja ein wahres Prachtkind, doppelt so groß wie sein Brüderchen.« »Gott segne und behüte das kleine Mädchen!« sagte die Frau leise. »Er kann ja auch den Jungen noch erhalten und stärken.«

Es war ein bescheidenes Elternhaus, zu dem die Zwillinge getragen wurden. Das Häuschen des Arbeiters Burkhardt lag etwas außerhalb des Städtchens und sah baufällig aus. Der kleine Garten ringsherum war nur notdürftig bestellt, denn niemand hatte viel Zeit, sich darum zu kümmern. Vater und Mutter gingen jeden Morgen zur Arbeit in die Fabrik und kehrten erst abends müde und erschöpft nach Hause zurück. Selbst Emma und Liesbeth, die beiden ältesten Töchter, hatten kaum Zeit, nach der Schule ihr Mittagbrot zu essen, dann ertönte schon die Glocke der großen Spinnerei auf dem Hügel und rief sie zur mühseligen, eintönigen Arbeit bis zum Abend. Die Besorgung des Haushalts blieb der Großmutter überlassen und der achtjährigen Agnes, die das jüngste Kind geblieben war, bis die Zwillinge geboren wurden. Im Häuschen selbst war alles in gutem Zustand, denn die Großmutter war eine ordentliche, ernste und strenge Frau, arbeitete selbst, soviel ihre Kräfte erlaubten und hielt die kleine Enkelin zu Fleiß und Ordnung an. Sie stammte aus einem benachbarten Dorf und hatte bis ins Alter die bäuerliche Tracht beibehalten: die Haube mit den breiten Spitzen, das bunte Brusttuch und die große, schwarze Sonntagsschürze mit langen, seidenen Bändern.

Es war ihr nicht ganz recht gewesen, daß ihre einzige Tochter einen einfachen Arbeiter heiratete. Da er aber ein stiller, umgänglicher Mensch war, konnte sie nichts dagegen sagen. Sie mußte es auch zulassen, daß die junge Frau selbst mit zur Arbeit ging, weil der Verdienst sonst zu gering war. Desto eifriger nahm sie sich des Haushalts an und zog die Kinder, was die äußere Anständigkeit betraf, mit Treue und Sorgfalt auf. Sie duldete keine Unart an ihnen und wußte die Rute hinter dem Spiegel wohl zu gebrauchen. Zärtlich war sie jedoch nie mit einem der hübschen, lebhaften Mädchen gewesen, hatte nie mit ihnen gescherzt, ihnen nie etwas zu naschen oder Spielzeug zugesteckt, wie es sonst Großmütter zu tun pflegen. Ach, es waren ja nur Mädchen, und ihr Herz sehnte sich nach einem Jungen! Sie hatte einen Sohn gehabt, einen klugen, hübschen Jungen, ihre ganze Freude und Augenweide. Er aber war wild und unbändig gewesen, die Bauernarbeit war ihm zuwider. Zuletzt wollte er dem strengen Vater nicht mehr gehorchen. Da war er in eine große Stadt gezogen und hatte dort Arbeit gefunden. Manchmal war er noch zu den Eltern gekommen, aber seltener und immer seltener und zuletzt gar nicht mehr. Ohne Abschied war er fortgegangen in die weite Welt, und nie mehr hatte sie etwas von ihm gehört. Sie war eine starke Frau und ließ sich nicht umwerfen von ihrem Kummer, aber dennoch nagte er im stillen an ihrem Herzen. Äußeres Unglück kam dazu: der Mann starb, das kleine Bauerngut mußte verkauft werden, und sie zog zu der Tochter, die kurz vorher geheiratet hatte. Sie hoffte, Gott werde dieser einen Sohn schenken. Den wollte sie dann in ihr Herz schließen wie einst ihren Heinrich, an dem würde sie alle Freude erleben, die sie von jenem erhofft hatte. Aber siehe da, ein Mädchen nach dem anderen wurde geboren, aber kein Junge. Schon hatte sie ihre Hoffnung aufgegeben, ihren Wunsch erfüllt zu sehen, da kam das Zwillingspaar zur Welt.

Als am Abend nach der Taufe die Kinder in ihrer Wiege schliefen, betrachtete der Vater sie wehmütig und sagte: »Es ist gut, daß sie getauft sind. Wer weiß, ob der Junge durchkommt, er ist zu schwach.« Da packte ihn die alte Frau unsanft am Arm und fuhr ihn an: »Rede doch nicht so albern, Richard! Der Junge ist stark, er hat's in sich. Paß auf, er überholt noch das unnütze Mädel.«

Ein halbes Jahr lang blieb die Mutter zu Hause, dann aber nahm sie ihre Arbeit in der Fabrik wieder auf. Die Eheleute konnten auf den Verdienst der Frau nicht verzichten, weil noch zwei Kinder großzuziehen waren.

Fast mit Ungeduld hatte die Großmutter erwartet, daß sie die Kinder allein hatte. Denn nun konnte sie ihren Liebling pflegen, wie sie es für richtig hielt.

Sie war viel zu gewissenhaft, um das kleine Mädchen, Berta war sein Name, ernstlich zu vernachlässigen. Es wurde saubergehalten und bekam sein Milchfläschchen zur rechten Zeit. Dann aber lag es in der Wiege oder draußen im Garten im Wägelchen und vertrieb sich die Zeit selbst. Es betrachtete seine dicken Händchen, saugte an den Fingern, fing bald an, mit dem glänzenden Ring zu spielen, den ihm Agnes an einem Band festgebunden hatte oder mit den Blumen, die sie ihm auf das Bettchen warf und krähte und lachte dazu nach Herzenslust. Schreien hörte man es nur selten, denn es hatte bald eingesehen, daß es ihm nichts nützte. Wenn Agnes die Kleine ja einmal schaukelte oder herumtrug, schimpfte die Großmutter und sagte ihr, sie solle das Mädchen hinlegen und den armen kleinen Jungen nehmen, der eben aus dem Schlaf erwachte und mörderisch zu schreien anfing.

So »arm« war er nun allerdings nicht, der kleine Junge, denn kein Prinz konnte sorgfältiger gepflegt werden als er. Die Großmutter badete ihn in kräftigenden Kräutern, rieb seine Glieder mit Branntwein ein und fütterte ihn mit den besten Stärkungsmitteln, die nur zu haben waren. Das Geld dazu sparte sie sich oft vom Munde ab. Ihr Bemühen hatte auch wirklich guten Erfolg, denn das Kind erholte sich zusehends. Wenn es auch viel kleiner war als sein Schwesterchen und lange nicht so dick, so war es doch nach wenigen Monaten ganz munter und gesund. Am gesündesten mußte wohl seine Lunge sein, denn aufs Schreien verstand sich der kleine Heinrich vorzüglich. Obwohl er nie still zu liegen brauchte, sondern stets herumgetragen und unterhalten wurde, schrie er oft stundenlang, und die Großmutter konnte sich manchmal nur dadurch helfen, daß sie ihn zu Berta ins Wägelchen setzte. Das war die größte Freude für das kleine Mädchen. Es jauchzte laut auf, klatschte in die Hände und versuchte, das Gesicht des kleinen Schreihalses zu streicheln. Es dauerte nie lange, da lachten beide um die Wette und unterhielten sich auf das Beste in ihrer Sprache.

Dennoch griff die Großmutter nur im Notfall, etwa an Wasch- und Scheuertagen, zu diesem Mittel. Der Junge war ihr ein und alles. Darum wollte sie auch ihm die liebste und wichtigste Person sein, und es kränkte sie fast, daß das Zwillingsschwesterchen größere Gewalt über ihn hatte. Es war ihr lieb, daß kein Fremder die Kinder für Zwillinge hielt, als sie laufen und reden konnten. Berta galt stets als ein Jahr älter. Damit sich Heinrich vorteilhaft von ihr unterscheide, zog sie ihm schon an seinem dritten Geburtstag das Kinderröckchen aus, das aus demselben Stoff war wie Bertas Kleid, und steckte ihn in Höschen und Jäckchen mit blanken Knöpfen. Nur schade, daß der schöne Anzug meist nicht lange sauber blieb; denn Heinrich hatte die seltsame Gewohnheit, sich flach auf die Erde zu werfen und mit Händen und Füßen um sich zu schlagen, wenn nicht alles nach seinem Willen ging. Ob er sich in den Staub warf, ins nasse Gras oder in eine Pfütze, war ihm ganz gleichgültig. Oft mußte dann das Schwesterchen her, das ihn durch Zureden und Liebkosen zu beruhigen verstand. Der Vater freilich, der eines Abends einen solchen Auftritt miterlebte, schlug vor, ihm durch ein paar tüchtige Klapse wieder auf die Beine zu helfen. Aber damit kam er schön an. »Sei doch froh«, sagte die Großmutter, »daß der Junge einen starken Willen hat! Der wird's zu was bringen in der Welt und nicht nur von der Hand in den Mund leben wie andere Leute.«

Viel früher, als man dachte, verstand Heinrich solche Reden der Großmutter und fing an, sich für etwas sehr

Wichtiges und Ausgezeichnetes zu halten. Auch Berta wurde in dem Glauben erzogen, daß ihr Bruder die wichtigste Person auf der Welt sei. Schon die Vorzüge, die er täglich genoß, überzeugten sie davon. Sein Brot war stets mit Butter oder Honig gestrichen, während sie das ihre ganz zufrieden trocken aß. Auf dem Mittagstisch stand für ihn täglich ein besonderes Schüsselchen mit irgend etwas Gutem, auch, als er längst gesund und kräftig war und es nicht mehr brauchte. Beim Spielen mußte sie ihn sorgfältig hüten, daß er nicht hinfiel oder sich sonst weh tat. Geschah es aber doch, so setzte es derbe Klapse von der Großmutter, die oft klagte, daß das große Mädchen nicht genügend auf den kleinen Jungen aufpaßte.

Es war gut, daß Berta ein so fröhliches Gemüt hatte und sich ein rauhes Wort oder einen Klaps nicht sehr zu Herzen nahm. Sie liebte ihr Brüderchen und wendete jede Gefahr von ihm ab, so gut sie konnte. Gelang es aber doch nicht, so nahm sie den Zorn der Großmutter so ruhig hin, daß sich Agnes oft darüber wunderte. »Warum weinst du nicht, Berta«, sagte sie eines Tages, »wenn dich die Großmutter schlägt? Tut's dir nicht weh?« »Was soll ich weinen?« war die Antwort. »Ich kann ja nichts dafür, wenn der Heiner in den Dreck fällt. Ich bin ja nicht unartig gewesen.« Hatte aber Heinrich seinen bösen Tag, was nicht selten vorkam, wo er zu keinem Spiel Lust hatte und weinerlich der Großmutter nachlief mit immer neuen Wünschen und Bedürfnissen, dann schlüpfte Berta gern zum Hause hinaus, lief die Straße hinab und klopfte an die Stubentür ihrer Patentante Rösler, die ihr stets gern öffnete.

Ja, bei Röslers war es schön. Die große, helle Stube mit den blühenden Blumenstöcken am Fenster war immer freundlich und sauber, bis auf die Ecke, wo auf dem hohen Tritt der Pate saß, umgeben von vielen Schuhen und Stiefeln in allen Größen, die er repariert hatte oder noch ausbessern sollte. Am anderen Fenster saß die Patentante selbst, meist eifrig mit Näharbeit beschäftigt, während die vierzehnjährige Hanna die Hauswirtschaft besorgte. Kleinere

Kinder, mit denen Berta hätte spielen können, waren nicht da. Aber in einem Winkel des Zimmers stand ein Puppenbettchen, und darin schlief das Lenchen mit den blonden Haaren, das die Pate reichlich mit hübschen bunten Kleidern versorgte. Stundenlang spielte Berta bei der Tante oder lauschte, auf einem Fußbänkchen sitzend, den Geschichten, die sie erzählte. In dem großen Nähkorb lag auch oft eine Semmel oder ein rotbäckiger Apfel für die Kleine, wovon sie stets getreulich dem Bruder die Hälfte aufhob.

Frau Rösler hatte so viel Freude an dem kleinen Mädchen, daß sie es am liebsten immer bei sich gehabt hätte. Entfuhr aber dem lebhaften Kind einmal ein böses Wort oder warf es ungeduldig und heftig ein Spielzeug auf die Erde, so ermahnte sie es mit ernsten Worten. Das ging der Kleinen viel mehr zu Herzen als die Schläge der Großmutter. Ihre dunklen Augen füllten sich dann gleich mit Tränen, und sie rief eifrig: »Ich will's nicht mehr tun, ich will lieb sein!« Bei der Pate faltete Berta auch zum ersten Mal die Händchen zum Gebet, lernte schöne Lieder und Sprüche und hörte Geschichten vom lieben Herrn Jesus.

Zu Hause wurden die Kinder in dieser Beziehung leider sehr vernachlässigt. Die Großmutter ging dann und wann zur Kirche, las auch manchmal in der Bibel und in ihrem alten Gebetbuch, aber sie meinte, die Kinder seien für solche Sachen noch viel zu klein. Die Eltern aber lebten nur für diese Welt und glaubten, genug für ihre Kinder zu tun, wenn sie ihnen durch fleißige Arbeit das tägliche Brot verdienten.

Berta fühlte bald, daß es etwas Schönes und Köstliches war, was sie bei der Pate lernte, und sie hätte gern dem Brüderchen davon abgegeben wie von den Semmeln und Äpfeln. Er wollte aber leider nur sehr wenig davon wissen.

»Heiner«, begann sie eines Abends, als die Kinder allein in der dunklen Kammer lagen, »du mußt auch beten, ehe du einschläfst.« »Was soll ich beten? Ich weiß nichts.« »Du mußt sagen: Lieber Gott, mach mich fromm, daß ich in den Himmel komm.« »Will nicht in den Himmel. In die weite

Welt will ich, ein reicher Mann werden«, erwiderte der Junge, legte sich auf die Seite und schlief ein.

Ja, das hatte sich der Heiner in den Kopf gesetzt, zum großen Kummer der Großmutter. Zu dem Giebelstübchen, in dem sie schlief und all ihre alten Sachen aufbewahrte, hatte der Junge freien Zutritt und kramte oft in den Schubfächern. Da hatte er einst ein Bild gefunden, das ihm besonders gefiel. Es zeigte einen hübschen Jungen mit dunklem Lockenkopf und keckem Zug um Mund und Augen. »Wer ist das, Großmutter? Bin ich das ?« »Nein, das ist dein Onkel Heinrich, aber du siehst ihm ganz ähnlich.« »Wo ist er denn hin?« »In die weite Welt hinaus, weit, weit fort! Vielleicht ist er ein reicher Mann geworden und denkt deshalb nicht mehr an mich.« »Wenn ich groß bin, geh ich auch weit fort in die Welt und werde reich«, sagte der Junge, das Bild aufmerksam betrachtend. »O nein, mein Heinerchen«, rief die Großmutter erschrocken, »das darfst du nicht machen. Was willst du denn so allein in der Welt anfangen?« »Ei, ich nehm die Berta mit. Die muß mir jeden Tag Kuchen backen und süßen Brei kochen.« »Und mich nimmst du nicht mit?« »Nein, du bist viel zu alt, du kannst nicht schnell genug mit in die Welt laufen.« »Wie ist das Kind klug«, meinte die alte Frau kopfschüttelnd. »Gib mir das Bild her«, fuhr sie fort, »wir wollen's wieder aufheben. Horch, es schlägt drei Uhr, wir wollen Kaffee trinken.« Damit holte sie das kleine Kännchen aus der Ofenröhre, füllte die Tasse mit ihrem Lieblingstrank und reichte dem Jungen das größte Stück von der Semmel. Der aber wartete begierig, bis die Tasse leer war, denn der Rest mit dem Stückchen Zucker auf dem Grunde war schon immer sein Eigentum. Um keinen Preis hätte er den süßen Schluck versäumt.

Als die Kinder sechs Jahre alt wurden, fing die Großmutter an zu kränkeln. Bald konnte sie den Haushalt nicht mehr versorgen und mußte die meiste Zeit in ihrem Stübchen zubringen. Das gefiel dem Heinrich gar nicht; denn die Mutter, die nun zu Hause blieb, hatte nicht viel mit ihm im Sinn. Sein launenhaftes, grilliges Wesen sagte ihrem raschen Temperament nicht zu. Berta dagegen, immer fröhlich und willig, war bald ihr Liebling und wurde zu allerhand Hilfeleistungen angestellt. Wenn nun das Schwesterchen keine Zeit zum Spielen hatte, stieg Heinrich hinauf zur Großmutter. Freilich war es da auch manchmal langweilig, denn sie schlief oft stundenlang im Lehnstuhl. Doch er hatte dort ein eigenes Tischchen mit allerhand Spielzeug, damit vertrieb er sich die Zeit. Bald aber war das zerbrochen, und die Großmutter konnte nicht ausgehen, um neues zu kaufen, war auch zu schwach, um viel mit ihm zu plaudern und schickte ihn manchmal sogar hinunter zur Mutter.

Da kam es ihm gar nicht ungelegen, als Ostern vorüber war und er zum ersten Mal mit Berta in die Schule gehen sollte. Ans Lernen dachte er zunächst noch nicht, sondern nur an den neuen Anzug und besonders an die große Zuckertüte, die ihm für diesen Tag versprochen worden war. »Sei lieb, Heiner, und lern auch schön!« sagte die Großmutter, als er mit Tafel und Fibel unter dem Arm von ihr Abschied nahm. »Ich lerne mehr als alle Mädels zusammen!« erwiderte er siegesgewiß. Die Großmutter hatte so Ähnliches oft gesagt, und er hatte es sich sehr wohl gemerkt. Ein wenig ängstlich sah sie ihm nach. Sie hatte doch ein etwas ungutes Gefühl, als hätte sie ihn nicht gerade gut vorbereitet durch ihre Erziehungsmethode.

Doch es ging zuerst ganz gut. Der Lehrer erzählte eine Geschichte, zeigte ein Bild und ließ die kleinen ABC-Schützen auf dem Turnplatz marschieren. Eben waren sie wieder in die Klasse gekommen und sollten nun die bunten Kugeln am Rechenbrett zählen, da tönte Heinrichs Stimme aus der Reihe der Jungen: »Schullehrer, wie spät ist es denn?« »Es ist drei Uhr.« »Dann muß ich jetzt fort.« »Aber warum denn?« »Meine Großmutter trinkt Kaffee.« »Mußt du denn da dabei sein?« »Ich muß doch den süßen Schluck trinken.« Damit drängte sich der kleine Kerl aus der Bank und lief zur Tür. Aber im Nu hatte ihn der Lehrer bei der

Jacke gefaßt. »Du darfst jetzt nicht fort. Um vier ist die Schule aus, eher nicht.« »Ich will aber !« »Nein, du darfst nicht!« Krach, da lag der Junge auf dem staubigen Fußboden, schrie wie am Spieß und schlug mit Händen und Füßen um sich. Der Lehrer war ein freundlicher Mann, der seine neuen Schüler nicht gleich am ersten Tage durch Strenge einschüchtern wollte. Er zog einen Groschen aus der Tasche, hielt ihn dem kleinen Bengel hin und sagte: »Sieh, den schenk ich dir, wenn du schön still bist und wartest, bis die Schule aus ist.« Heinrich aber schlug nach dem Geldstück, daß es klirrend gegen die Wand flog, und schrie: »Will ich nicht! Heim will ich, meinen süßen Schluck will ich!«

Da trat die kleine Berta aus den Reihen der verwunderten Kinder, setzte sich neben dem schreienden Jungen auf die Erde, hielt seine Hände, legte seinen Kopf an sich und sprach ihm leise und beruhigend zu wie eine kleine Mutter. Da wurde er bald still, ließ sich von ihr aufhelfen und das Gesicht abwischen. »Wenn er jetzt bei mir sitzen darf, bleibt er still, bis die Schule aus ist«, sagte sie zum Lehrer. Lächelnd wies dieser den beiden eine leere Bank an und setzte den Unterricht fort. Die Großmutter aber wartete von nun an mit ihrem Kaffee bis um vier Uhr, damit Heinrich seinen süßen Schluck nicht versäumte.

Aber er sollte ihn nicht mehr oft trinken. Als die warmen Frühlingstage kamen, wurde die Großmutter so krank und schwach, daß sie das Bett nicht mehr verlassen konnte. Wochenlang lag sie so und war oft allein, denn dem Heinrich war es jetzt viel zu langweilig bei ihr.

Als sie einmal aus dem Halbschlummer erwachte, in dem sie oft stundenlang lag, sah sie eine kleine Gestalt am Bett sitzen, die sie in der Dunkelheit für ihren Engel hielt. »Das ist lieb, mein Heinerchen«, sagte sie mit schwacher Stimme, »daß du bei mir bleibst, wenn ich krank bin.« »Nicht der Heinrich, Großmutter; ich bin's, die Berta.« »Du? Wer hat dir erlaubt, in meine Stube zu kommen?« »Die Mutter hat mich 'raufgeschickt, daß du nicht allein bist, wenn du was brauchst. Ich hab schon oft hier gesessen, wenn du geschlafen hast, lange, lange.« »Warum kommt der Heinrich nicht?« »Dem ist's zu langweilig.« »Dir nicht auch?« »Nein, gar nicht! Erst strick ich, und wenn ich nicht mehr sehen kann, sag ich mir alle meine Verse her.« »Wo ist denn mein Heiner?« »Draußen auf der Gasse spielt er mit den Jungen.« »Das darfst du nicht zulassen, da wird er bloß unartig.« »Das ist er schon!« entfuhr es Berta. »Der Lehrer hat erst heute gesagt, einen so bösen Jungen hätte er noch nicht in die Schule bekommen.« »Es wird wohl nicht so schlimm sein«, sagte die Großmutter, »es versteht nur niemand, mit ihm umzugehen. Du mußt dich fein um ihn kümmern, weil ich es nicht mehr kann. Er hält so viel auf dich.« »Ich darf es ja nicht mehr!« klagte Berta. »Die Jungen haben ihn so ausgelacht, wenn er sich von mir hat führen oder zureden oder die Tränen abwischen lassen. Jetzt ist er ganz wild geworden, und wenn ich was von ihm will, stößt er mich fort.« Die alte Frau seufzte und schwieg eine Weile. »Lernt er denn gut?« fragte sie dann. »Jetzt wirst du bestimmt böse, Großmutter, wenn ich es sage. Er lernt gar nichts, er ist der Schlechteste in der Klasse. Nur die dummen Sachen und die frechen Lieder lernt er schnell von den andern Jungen. Aber er ist ja noch so klein! Wenn er nur erst größer ist, wird er bestimmt gut lernen, mehr als wir alle zusammen; du hast es ja immer gesagt. - Soll ich dir jetzt Tee geben? Oder willst du was essen? Hier, die schöne Brezel hab ich von der Pate. Willst du sie nicht kosten?« Die Großmutter schüttelte den Kopf und lag eine Weile ganz still, dann richtete sie sich mühsam auf. »Berta«, sagte sie, »gib mir deine Hand und höre mir zu. Du bist ein gutes Kind, und der Heiner hat dich lieb, wenn er's auch nicht gern zeigt. Nun versprich mir, daß du alles für ihn tun willst, was du nur kannst, daß du ihn vor Schaden bewahren, auf ihn aufpassen und ihm immer helfen willst. Verstehst du mich?« »Ja, Großmutter!« sagte das Kind leise. »Geh an den Schrank und bring mir die gelbe Schachtel, die darin steht.« Berta gehorchte. Die alte Frau öffnete die

Schachtel und zog ein silbernes Kreuzchen heraus, glanzlos und unscheinbar vor Alter. »Setz dich auf mein Bett, damit ich es dir umbinden kann«, gebot sie. »Ich habe es geschenkt bekommen, als ich so alt war wie du. Nun sollst du es haben. Putze es blank und trage es immer. Und so oft du es ansiehst oder an deinem Hals fühlst, denke an dein Versprechen. Gib mir die Hand darauf, daß du für dein Brüderchen sorgen willst.«

Der Abend war hereingebrochen, und der Mond warf seinen bleichen Schimmer auf das ernste, feierliche Gesicht der alten Frau. Zitternd legte das Kind sein Händchen in die magere Hand der Großmutter. »Ja, ich will, wenn ich nur kann!« sagte es ängstlich. »Du kannst es«, sprach die Großmutter, » du bist stark, denn Gott ist mit dir! Ich habe mehr auf dich geachtet, als du denkst, und ich weiß, du wirst ein Segen sein für mein Herzblatt und nicht zuletzt gutmachen, was ich verdorben habe. Jetzt geh' zur Mutter. Ich will nun schlafen.« Damit küßte sie das Kind zum ersten Mal in seinem Leben und sank in die Kissen zurück.

Still schlich Berta hinunter in die Küche. Sie konnte niemandem sagen, was geschehen war. Es lag ihr schwer auf dem kleinen Herzen, sie wußte nicht, warum.

Mitten in der Nacht trat die Mutter an das Bett des Vaters, weckte ihn und rief: »Steh auf, Richard! Die Mutter verlangt nach dir. Ich glaube, sie liegt im Sterben.« In wenigen Minuten stand er am Bett der alten Frau. »Ich will den Heinrich noch einmal sehen«, sagte sie mit erlöschender Stimme. »Dann will ich ihn herüberholen.« »Nein, er soll nicht im Schlaf gestört werden. Faßt mich beide an und führt mich zu ihm.«

Seit Wochen hatte sie das Bett nicht verlassen, jetzt aber richtete sie sich auf und strengte ihre letzten Kräfte an, um die wenigen Schritte nach der Kammer der Kinder zu gehen. Da lag der Junge in süßem Schlaf. Einen langen Blick voll Zärtlichkeit warf sie auf ihn, dann drückte sie den Arm des Vaters, sah ihn ernst an und sagte: »Er ist dein Kind. Erziehe ihn, ehe es zu spät ist. O Heiner, ich hab' dich sehr,

sehr lieb gehabt, aber gut ist es nicht für dich gewesen!« Das war ihr letztes lautes Wort. Als sie wieder im Bett lag, sprach sie nur halblaut vor sich hin, und die lauschende Tochter merkte, daß es immer dieselben Worte waren und verstand zuletzt einen Vers, den die kleine Berta zu singen pflegte:

»Christi Blut und Gerechtigkeit,
das ist mein Schmuck und Ehrenkleid.
Damit will ich vor Gott bestehn,
wenn ich zum Himmel werd' eingehn.«

Ehe der Morgen anbrach, hatte die Großmutter den letzten Atemzug getan.

Das treue Schwesterchen

Drei Jahre waren nach dem Tod der Großmutter vergangen. An einem warmen Sommertag schien die Sonne freundlich durch die offenen Fenster der Schule des Städtchens. Grüne Baumzweige nickten herein, ein kleiner Vogel hatte sich auf das Fensterbrett gesetzt und zwitscherte lustig, als wolle er die Kinder einladen, hinauszukommen zum fröhlichen Spiel. Diese aber saßen still und ernsthaft über ihre Bücher gebeugt, denn der Lehrer der dritten Klasse ließ nicht mit sich spaßen und war lange nicht so mild wie Herr Franke, der Heinrich einst den Groschen schenken wollte.

Das hübsche Mädchen auf der ersten Bank muß wohl Berta sein. Sie ist gewachsen, schlank, sauber und zierlich, aber doch recht ärmlich gekleidet. Ihr einziger Schmuck ist ein Rosenknöspchen, das vorn an der weißen Schürze steckt. Ihre Wangen sind zart gerötet, die dunklen Augen blicken ernst und klar, das braune Haar umgibt die Stirn in leichten Locken und fällt in zwei stattlichen Zöpfen über die Schultern herab. Wo aber wird wohl ihr Zwillingsbruder unter der Schar der Jungen stecken? Ist er vielleicht sogar in der unteren Klasse sitzengeblieben? Nein, hinten auf der letzten Bank, das muß er sein. Er sieht der Schwester zu sehr ähnlich. Viel kleiner ist er freilich, hat aber ganz die gleichen Gesichtszüge, nur mit anderem Ausdruck. So oft der Lehrer zu ihm hinsieht, schreibt er eifrig, sieht brummig und verdrossen aus und läßt die Locken tief über die Stirn hängen. Wenn er sich aber unbeobachtet glaubt, gleitet ein pfiffiger Zug über sein Gesicht, er malt eine häßliche Fratze auf seine Schiefertafel, schreibt einen Namen darunter und stößt seinen Nachbarn an, damit er sie ansehen soll. Der hat durch den Stoß einen Krakel ins Schreibheft gemacht und flüstert: »Ich sag's aber jetzt dem Lehrer, wenn du mich nicht in Ruhe läßt!« Da ballt Heinrich die Faust und sieht ihn mit so wild blitzenden Augen an, daß der andere, ein blasser, schwächlicher Junge, erschrickt und still weiterschreibt.

»Achtung!« ruft jetzt der Lehrer. Alle hören auf zu arbeiten und sehen ihn an. Er hat eben die Abschriften durchgesehen, die die Kinder zu Hause gemacht hatten, und gibt nun die Hefte zurück mit mancherlei Lob und Tadel. »Heinrich«, sagt er endlich, »du hast dein neues Heft gut angefangen, die Schrift ist schön und sauber. Aber du wirst ja so rot; hast du's auch allein gemacht?« »Ja, ganz allein.« »Ich hab dich gestern gleich nach der Schule auf den Anger hinauslaufen und erst spät abends heimkommen sehen, ganz erhitzt und schmutzig. Wann hast du gearbeitet?« »Danach, als ich nach Hause kam.« »Ist das wahr, Berta?« Aber Berta konnte nicht antworten. Sie hatte das Gesicht in den Händen verborgen und weinte bitterlich. Freundlich legte der Lehrer seine Hand auf ihren Kopf und wiederholte die Frage. »Ach, Herr Lehrer«, schluchzte das Kind, »lügen kann ich nicht. Ich hab's geschrieben.« »Du? Das hätt' ich nicht von dir gedacht! Ich hab dich für ein ehrliches Kind gehalten, und doch wolltest du mich betrügen.« »Nein, bestimmt nicht, daran habe ich nicht gedacht. Ich wollte ja bloß dem Heinrich helfen.« »Hast du das schon öfter gemacht?« »Die Aufgaben habe ich ihm manchmal ausge-

rechnet und ein Stückchen geschrieben, wenn er so gar keine Lust mehr hatte. Ich muß ihm ja helfen, ich kann nicht anders! Ich kann's nicht sehen, wenn er so viel Schläge kriegt und so oft nachsitzen muß.« »Hast du denn nicht daran gedacht, daß er auf diese Weise nichts lernt und du ihm mehr schadest als hilfst?« »Nein, gar nicht. Ach, warten Sie nur noch ein kleines bißchen, Herr Lehrer. Der Heinrich ist klug, Sie glauben es gar nicht! Er wird schon bald besser lernen, er ist ja noch so klein.« Der Lehrer war gerührt. »Du hast es gut gemeint und verstehst es nicht besser. Versprich mir aber jetzt, daß du nie mehr heimlich für Heinrich arbeiten willst. Das ist Betrug und eine Sünde gegen Gottes Gebot.« Unter Tränen versprach es Berta. »Du, Heinrich«, fuhr der Lehrer fort, »bleibst in der Schule und schreibst die Seite zweimal ab. Die Schläge, die du verdienst, will ich dir deiner guten Schwester zuliebe erlassen. Ich werde aber mit deinen Eltern sprechen.« Damit wandte er sich ab, um wieder an sein Pult zu treten, als ein verhaltenes Kichern an sein Ohr drang. »Wer lacht da hinten?« fragte er streng. Alles war still, aber mehrere Jungen bemühten sich durch Vorhalten der Taschentücher, ihre Heiterkeit zu verbergen. »Warum lacht ihr?« fragte der Lehrer zornig. »Ach, Herr Lehrer«, begann Heinrichs kleiner, blasser Nachbar zitternd, »der Heinrich, ach, er macht sich mit seinem Taschentuch Eselsohren und - und - ach, ich kann ja nichts dafür, er steckt die Zunge 'raus.« Darauf gab es nur eine Antwort, die sich besser ahnen als beschreiben läßt. Bald danach wurde Heinrich heulend und schreiend in die Garderobe gesteckt, um sich zu beruhigen. Berta aber weinte bitterlich.

Was hatte das arme Kind in diesen drei Jahren schon um des Bruders willen gelitten! Sie wollte so gern das Versprechen halten, das sie der Großmutter gegeben hatte. Aber ach, es war so schwer! Zu Hause tat sie ja gern alles für ihn, was sie nur konnte. Aber wie sollte sie ihn behüten, wenn er halbe Tage mit wilden Kameraden herumstreifte und allerlei Unheil anrichtete? Oft war sie mitgelaufen trotz seines

Widerspruchs und hatte ihn vor manchem bösen Streich bewahrt. Aber wenn sie dann heimkam, schimpfte die Mutter, daß sie mit den Jungen lief, statt ihr bei der Arbeit zu helfen. Dann kamen wieder Zeiten, wo sie in kindlichem Frohsinn ihr Versprechen vergaß und nur ihrem Herzen folgte, das allen helfen wollte. Aber bald fühlte sie wieder ängstlich nach dem Kreuzchen an ihrem Hals und mühte sich rastlos ab für den unsteten, widerspenstigen Jungen. Da sie niemand um Rat fragen konnte, (denn sie hielt die ganze Sache für ein Geheimnis), war es natürlich, daß sie oft auf falsche Wege kam, nur um den Bruder vor vermeintlichem Schaden zu behüten. Mit Schrecken hatte sie heute gesehen, daß sie sich selbst in Lüge und Sünde verstrickte, um die Strafe von dem faulen Bengel abzuwenden. Das tat ihrem zarten Gewissen weh, und sie ging den ganzen Tag recht nachdenklich und ernst umher, während Heinrich alles abgeschüttelt hatte, sobald die Schultür sich hinter ihm geschlossen hatte.

Am Abend kam wirklich der Lehrer zu den Eltern, klagte ihnen die Faulheit und Unart ihres Jungen und bat sie, ihn strenger zu halten. »Der kann gut reden!« meinte der Vater, als er fort war. »Er hat den ganzen Tag nur mit den Kindern zu tun. Unsereins ist abends müde von der Arbeit und hat nicht Lust, sich noch mit dem Jungen herumzustreiten. Er ist ja nicht dumm, und häßlich ist er auch nicht. Es wird schon werden mit ihm, wenn der Verstand kommt. Jugend muß sich austoben!« »Mir wäre doch lieber, der Junge wäre anders«, meinte die Mutter. »Man schämt sich ja vor den Leuten wegen der dauernden Klagen über seine dummen Streiche. Und einen Trotzkopf hat er, es ist kaum zu glauben! Er wird eben ganz wie mein Bruder, nur war der groß und stark und hatte mehr Ehre im Leibe. Ich habe freilich auch keine Zeit, mich mit ihm zu plagen, seitdem ich wieder den halben Tag auf Arbeit gehe. Ich werd' auch nicht fertig mit ihm. Du bist der Vater, du mußt ihn besser erziehen, sonst erleben wir noch böse Überraschungen mit ihm. Wenn Berta nicht wär', wäre es schon längst schlimm gegangen. Aber die kann ihn um den Finger wickeln, ich weiß nicht, wie sie's anfängt.«

Unterdessen lagen die Kinder im Bett, schliefen aber noch nicht. »Berta«, fing der Junge an, »das hat mich aber geärgert, daß du mich auch noch verpetzt beim Lehrer.« »Ich hab dich nicht verpetzt. Lügen konnte ich nicht, wenn er mich so fragt.« »Warum denn nicht? Es hätte ja niemandem geschadet.« »Aber lügen ist Sünde. Man kommt nicht in den Himmel, wenn man's tut. Es tut mir leid, daß ich den Lehrer betrogen habe. Ich hab eben den lieben Gott um Vergebung gebeten. Bitte du ihn auch um Vergebung, daß du gelogen hast. Mach schnell, bevor du einschläfst; du bist auch mein lieber Heiner.« »Ich will nicht beten! Der Vater betet auch nicht, ich hab's noch nie gesehen. Und hier hab ich's so satt, daß ich's kaum mehr aushalten kann. Heute wieder Schläge gekriegt, und was für welche. Dann ewig gesessen und geschrieben, als alle Jungen draußen gespielt haben. Und abends wieder nur Brotsuppe und nie mehr was Gutes. Wenn es so weitergeht, lauf ich bald weg in die weite Welt, wie es der Onkel getan hat. Vielleicht find ich ihn draußen. Er ist bestimmt ein reicher Mann geworden, die Großmutter hat es immer gesagt.« »Das glaub ich nicht«, meinte Berta. »Die Pate sagt, wer so fortläuft, da liegt kein Segen drauf.« »Ach, die will alles besserwissen. Ich kann sie nicht leiden. Die Birnen in ihrem Garten sind aber reif. Hat sie dir schon welche gegeben?« »Noch nicht.« »Aber vielleicht Kandiszucker für deinen Husten?« »Ja. Warte, ich will dir ein Stück hinüberwerfen. Da, fang auf!«

Eine Weile war nichts zu hören als das Knacken des Zuckers unter den scharfen Zähnen des Jungen. »Ach, Heiner«, begann Berta wieder, »wenn du nur beten wolltest und lernen und lieb sein, dann würde es dir bestimmt hier gefallen, und du brauchtest nicht in die weite Welt zu gehen. Ich würde mich ja zu Tode grämen, wenn du fortgehst. Ich will dir auch immer alles zuliebe zu tun, nur nichts Böses.« »So will ich dir zuliebe noch dableiben«, schloß der Junge, »ich könnte es ja auch nicht aushalten ohne dich.«

Am anderen Morgen war Berta zeitig munter, bürstete die Kleider des Bruders, putzte seine Schuhe und legte ihm die Schulbücher zurecht, so daß der kleine Prinz alles bei der Hand hatte, als er die Augen aufschlug.

Es war wieder ein herrlicher Sommertag. Der Ärger von gestern war vergessen, in der Schule ging alles gut, und das Herz des kleinen Mädchens war wieder fröhlich. Am Nachmittag sagte die Mutter zu den Kindern: »Ihr könnt heute ins Dorf zur Tante gehen und Kartoffeln holen, sie will uns noch welche geben. Ich geh auf Arbeit und schließe die Tür zu, so könnt ihr bis abends draußen bleiben. Nimm dein Strickzeug mit, Berta; und du, Heinrich, mach keine dummen Streiche.«

Williger als sonst nahm Heinrich den Korb, den ihm Berta reichte und trabte mit ihr zum Städtchen hinaus. Zur Tante ging er gern. Sie hatte ein kleines Bauerngut und ließ die Kinder nie fortgehen ohne ein Glas süße Milch und ein fettes Käsebrot. Das schmeckte herrlich, denn zu Hause gab es in der letzten Zeit oft recht magere Kost. Der Arbeitslohn in der Fabrik war herabgesetzt worden, wochenlang war nur halbe Arbeit gewesen, und man sprach im Städtchen vom gänzlichen Aufhören des Geschäfts. Die beiden ältesten Schwestern hatten sich schnell nacheinander verheiratet und mußten für ihren eigenen Haushalt sorgen, konnten also den Eltern nicht mehr helfen.

Fröhlich sprangen die Kinder dahin. Sie verschmähten den kürzeren Weg auf der staubigen Landstraße und wählten den durch den Wald, wo zu dieser Zeit eine Menge Heidelbeeren und Himbeeren reiften. »Wir wollen lieber erst die Kartoffeln holen und auf dem Rückweg Beeren essen«, riet Berta. »Nein«, erwiderte Heinrich, »lieber jetzt, sonst kommen andere Kinder und pflücken sie weg. Dann haben wir ja auch die schweren Körbe zu tragen.« Bereitwillig gab das kleine Mädchen nach und tummelte sich lustig mit dem Bruder auf dem weichen Waldboden. Sie aßen sich satt an den süßen Beeren, versteckten sich und scherzten miteinander, bis Berta ernstlich zum Weitergehen mahnte. Hand in Hand stiegen sie einen Hügel hinauf und gingen auf der Höhe weiter. Links war der Weg von hohem Tannenwald begrenzt, rechts wuchs an einem steilen Abhang niedriges Buschwerk, aus dem hie und da bemooste Felsstücke emporragten. »Nun kommen wir bald zur Klippe«, sagte Heinrich, »da ruhen wir uns aus. Da ist sie schon!« Die Kinder traten aus dem Waldesschatten auf eine kleine, aber prächtige grüne Wiese, in deren Mitte ein hoher Tannenbaum seine Äste ausbreitete und köstlichen Schatten bot. Nur wenige Schritte von ihm entfernt fiel der Berg steil ab, und in der Hälfte seiner Höhe sprang eine schmale, fast senkrechte Felswand vor, die oben mit Moos und Strauchwerk bewachsen war und die Klippe genannt wurde. Links führte der Weg allmählich ins Tal hinab.

Sobald sich Berta unter dem Baum gelagert hatte, begann sie eifrig zu stricken, aber ihre Augen schweiften dabei ins Weite. »Ach, wie schön ist's doch auf der Welt!« rief sie so recht aus vollem Herzen. »Sieh doch, Heiner, wie schön!« Ach ja, es war schön. Aus dem tiefen Baumschatten sah man weit hinaus ins sonnenbeglänzte Land über goldene Kornfelder und smaragdgrüne Wiesen. Links blickten die Häuser des freundlichen Dörfchens zwischen dunklen Baumgruppen hervor, und in der Ferne begrenzte eine bläulich schimmernde Bergkette das liebliche Bild. Und hier oben auf der Wiese blühten die Blumen bunt und frisch, die Bienen summten, und die Schmetterlinge wiegten sich auf den hohen Grashalmen. Berta war lange nicht so glücklich gewesen. Es waren immer ihre fröhlichsten Stunden, wenn sie den Bruder ganz allein für sich hatte. Dann war er immer so gut und freundlich und schien alle seine Unarten vergessen zu haben. Auch jetzt wälzte er sich ganz behaglich im weichen Gras. Um die schöne Aussicht kümmerte er sich wenig, sondern haschte nach den Käfern, die an ihm vorübersummten und warf seinen Strohhut nach den bunten Schmetterlingen.

Endlich war es hohe Zeit aufzubrechen. Da sah der Junge noch einmal nach der Klippe hinunter und rief: »O Berta, sieh doch dort unten den Himbeerstrauch, ganz über und über voll, und so große, schöne Beeren! Die muß ich haben.« »Was fällt dir ein?« rief Berta erschrocken. »Da kannst du nicht hinkommen, das ist viel zu steil. Wer von der Klippe fällt, stürzt sich unten zu Tode.« »Das ist gar nichts weiter, Müllers Fritz ist neulich auch hinuntergeklettert.« »Der ist viel älter als du. Komm, schnell, Heinrich. Vergiß die Beeren, wir haben so viel gefunden.« »Ich will aber die haben, ich hol' sie mir.« Damit schickte er sich an, den Abhang hinunterzuklettern. Berta aber hielt ihn mit aller Macht am Kittel fest. »Du darfst nicht, Heinrich. Ich laß dich nicht, bestimmt nicht.« »Dann geh ich nicht von der Stelle«, schrie der Junge, »ich will die Beeren haben! Immer kommst du dazwischen, wenn ich was will. Jetzt werd ich groß und laß mir's nicht mehr gefallen.«

Indem sich das Mädchen bemühte, den Jungen festzuhalten, war das silberne Kreuzchen aus den Falten ihres Kleidchens gerutscht und glitzerte in der Sonne. Schnell versteckte sie es wieder, warf ihren Korb ins Gras und den Strohhut dazu und rief: »Gut, so will ich sie dir holen. Dich laß ich nicht hinunter, du bist noch zu klein.« Und ehe sich der selbstsüchtige Junge noch recht besonnen hatte, kletterte sie schon vorsichtig den Abhang hinunter, sich rechts und links am Buschwerk festhaltend, bis sie endlich sicher auf der Klippe anlangte. Ganz am Rande derselben stand der Himbeerstrauch, und seine fruchtbeladenen Zweige hingen in die Tiefe hinab.

Heinrich stand oben und sah ängstlich zu, wie sie sich niedersetzte, einen Zweig nach dem anderen zu sich zog und die glänzenden Beeren in das Henkeltöpfchen sammelte, das an ihrem Gürtel hing. Es war ihm nicht recht wohl zumute dabei. Essen wollte er die Beeren bestimmt nicht, sie würden ihm doch nicht schmecken. »Jetzt hab' ich sie alle«, rief die Schwester herauf, »nun komm ich wieder. Reich mir dann die Hand.« Bedächtig klomm sie empor von Strauch zu Strauch, die Füße fest in kleine Vertiefungen des Bodens setzend. Es waren nur noch wenige Schritte.

Schon streckte sie die Hand aus nach der des Bruders, wollte sie fassen, da glitt plötzlich ihr Fuß aus auf dem glatten Waldgras. Sie stieß einen leisen Schrei aus und griff nach einem überhängenden Zweig. Er brach ab. Heinrich sah noch einen Augenblick ihre helle Gestalt zwischen den Büschen, dann stand er allein. Sie war über die Klippe hinabgestürzt ins Tal, und er war schuld daran!

Eine Weile stand er wie erstarrt. Dann rief er, erst leise, dann immer lauter und lauter: »Berta, Berta, Berta!« Alles blieb still. Da packte ihn ein wilder, verzweifelter Schmerz. Er warf sich ins Gras, raufte sich die Haare, sprang wieder auf, lief auf und nieder und stampfte den Boden in ohnmächtigem Jammer. »Berta, Berta!« rief er immer von neuem hinunter, erhielt aber keine Antwort. Nun versuchte er, hinabzuklettern zur Klippe, um wenigstens hinuntersehen zu können, aber er vermochte es nicht. Ihn schwindelte, und er zitterte so, daß er es gleich wieder aufgeben mußte. Dann lief er ein Stück Weg nach der Stadt zu, um Hilfe zu holen, kehrte aber bald wieder um. Wie sollte er drinnen erzählen, was geschehen war? Ganz außer sich warf er sich wieder zu Boden. Ach, er wußte wohl, an wen man sich in jeder Not, auch in selbstverschuldeter, zu wenden hat. Aber er hatte es sich nie zu Herzen genommen. Erst gestern abend hatte er nicht beten wollen, als Berta ihn dazu ermahnte. Jetzt hätte er gern gebetet, aber nun konnte er nicht. Endlich rang sich ein Seufzer aus seiner Brust: »Ach, lieber Gott, höre doch, hilf doch! Es ist ja die Berta, sie hat dich ja lieb!« Wieder sprang er auf und lief ein Stück zurück. Da, o Gott sei Dank! Da kam ein Mann im Waldesschatten gegangen. Er war noch weit weg, aber schon hörte man seine frohe Stimme singen:

»Geh aus, mein Herz, und suche Freud'
in dieser lieben Sommerzeit
an deines Gottes Gaben.«

Es war der Pate Rösler. Er kam fröhlich seines Weges, mehrere Paar neue Stiefel über der Schulter, und wollte seine

Kunden auf dem Lande besuchen. »Hilf, hilf, Onkel Rösler«, schrie ihm der Junge entgegen, »Berta ist von der Klippe gefallen.« »Wie konnte denn das passieren?« rief der Mann herbeieilend. »Sie ist doch sonst so vernünftig.« »Sie hat unten Himbeeren gepflückt«, erwiderte Heinrich, scheu zu Boden sehend. »Und du hast sie haben wollen!« rief der Pate entrüstet. »Ich kenne dich, du Naschkatze, und ich kenne auch meine Berta.« Händeringend nickte der Junge mit dem Kopf. »O du böser, du elender Junge, du! Nun hast du das liebe Kind in den Tod getrieben mit deinem Eigensinn.« Damit warf der Mann die Stiefel unter einen Busch und lief eine Strecke weit zurück nach einer Stelle, wo es leicht war, den Abhang hinunterzuklettern.

Im Nu war er unten, und Heinrich folgte ihm, so schnell er konnte. Dicht am Abhang zog sich das steinige Bett eines Baches hin, den die Sonnenhitze fast ausgetrocknet hatte. Wenn Berta da hineingefallen war, blieb wenig Hoffnung, sie noch am Leben zu finden. Aber gerade unterhalb der Klippe machte der Bach einen Bogen, der eine kleine, mit Gras und Blumen bewachsene Fläche umschloß. Und dort, zwischen Vergißmeinnicht und feuerroten Waldnelken, lag Berta bleich und regungslos. Bunte Schmetterlinge gaukelten um sie her, ein Vöglein sang dicht über ihrem Kopfe, und die Blumen leuchteten im Sonnenschein. Heinrich wollte sich über sie werfen, aber mit einem strengen Blick wies ihn der Pate zurück und kniete bei ihr nieder. Keine Verletzung war an ihr zu sehen, aber sie war totenblaß und kalt, und die Augen waren fest geschlossen. Der Pate befühlte ihre Stirn und ihren Puls und lauschte mit lange verhaltenem Atem. Dann sah er auf und begegnete einem flehenden Blick des Jungen. »Danke Gott«, sagte er, »sie ist nicht tot.« Er löste das Blechtöpfchen, das noch an ihrer Schürze hing. »Hole Wasser!« befahl er. Hie und da rieselte noch ein klarer Wasserstrahl über die Steine. Das Töpfchen war schnell gefüllt, und der Pate benetzte Bertas Stirn und Lippen, während er mit sanfter Stimme ihren Namen rief. Endlich schlug sie die Augen auf, schaute verwundert um sich und versuchte zu sprechen. Mühsam rangen sich leise Worte über ihre Lippen: »Heinrich hat's nicht von mir verlangt.« Vorsichtig hob sie der Pate in die Höhe, legte ihren Kopf an seine Brust und trug sie der Stadt zu. Das arme Kind stöhnte vor Schmerzen und schloß bald wieder bewußtlos die Augen. »Lauf vorneweg, Heinrich! Sag meiner Frau, sie soll das Bett in der Nebenstube bereitmachen, zum Doktor schicken und in die Fabrik zu euren Eltern.« »Darf ich ihr erst einen Kuß geben?« Der Pate nickte und beugte sich nieder. Einen Augenblick drückte Heinrich seine Lippen auf die kalte Stirn, dann flog er mit Windeseile dem Städtchen entgegen.

Bald lag Berta auf dem weichen Lager in Röslers freundlicher Stube. Ratlos standen die Eltern dabei, der Arzt war noch nicht gekommen, und nur leises Atmen verriet, daß das Leben des Kindes noch nicht entflohen war.

Heinrich kauerte in einem Winkel hinter dem Schrank. Die Eltern hatten ihn mit harten Worten hinausgeschickt, als sie hörten, was geschehen war. Aber er konnte nicht fortgehen; er mußte hören, wie es mit Berta stand. Gespannt lauschte er auf jeden Ton. Horch, jetzt sprach sie: »Pate, mir wird so schlecht, ich sterbe.« »Dann freue dich, Kind! Du kommst in den Himmel zu den lieben Engeln.« »Aber ich hab' gestern Böses getan, Heinrichs Arbeit geschrieben, den Lehrer betrogen.« »Sei getrost, mein Liebling! Auch für dich ist der Heiland gestorben und hat alle Sünden für dich getragen. Du bist sein Schäfchen, er holt dich in seinen Schoß.« Da flog ein seliges Lächeln über die Züge des Kindes, es wurde so still, daß alle meinten, die Seele sei entflohen. Die Eltern weinten und jammerten, Röslers befahlen in stillem Gebet ihren Liebling in Gottes Hände. Heinrich aber saß ganz still in seiner Ecke. O wie unsäglich weh und doch wie feierlich war ihm zumute! Jetzt ging seine Berta in den Himmel, von dem sie so gern gesprochen und gesungen hatte, in dem sie so daheim war. Und für ihn war es ein fremder, unbekannter Ort, an den er nie gern gedacht hatte. War sie nun ganz und immer für ihn verloren?

Da hielt ein Wagen vor der Haustür. Der Arzt, der über Land gewesen war, trat mit eiligen Schritten ins Zimmer und beugte sich über das kleine Mädchen. »Sie ist nicht tot«, sagte er nach kurzer Zeit, »sie liegt nur in tiefer Ohnmacht.« Durch ein Stärkungsmittel, das er aus dem Wagen holte, brachte er sie bald wieder zu Bewußtsein und untersuchte nun mit großer Sorgfalt ihren Körper. Endlich erklärte er, sie sei am Rücken schwer verletzt und werde auf jeden Fall ein langes Krankenlager haben. Mit Gottes Hilfe aber hoffe er, sie wiederherstellen zu können, wenn ihr sorgfältige Pflege zuteil würde.

»Ach, ich will ja alles tun, was ich kann«, schluchzte die Mutter, »bringt mir nur meine Berta nach Hause. In der oberen Stube ist alles sauber, da steht auch ein gutes Bett.« »Daran ist nicht zu denken«, erwiderte der Arzt, »das Kind darf nicht noch einmal bewegt werden. Schon das Heimtragen hat die Sache bedeutend verschlimmert. Hier in diesem Bett muß es liegen bleiben, bis es vollständig geheilt ist.«

Dieser Anordnung mußten sich die Eltern fügen. Spät abends verließ der Vater das Krankenbett, um nach Hause zu gehen, während die Mutter mit der Patentante bei dem Kinde blieb. Unbemerkt schlüpfte auch Heinrich zur Tür hinaus, verschmähte das Abendbrot, das die weinende Agnes ihm hinstellte, flüchtete in sein nun so einsames Zimmer und weinte sich in den Schlaf.

Der Versucher

Nun kam eine schwere Zeit für Heinrich. Wie ein Lauffeuer war die Kunde durch das Städtchen gegangen, daß Burkhardts Berta von der Klippe gefallen sei, als sie für den Bruder Beeren gepflückt habe. Einige sagten, er habe sie gezwungen hinabzuklettern. Daraus machten andere gar, er habe sie hinuntergestoßen. Wenn er sich nun auf der Straße sehen ließ, rief ihm regelmäßig irgendjemand zu: »Du böser Junge! Hast deine Schwester in den

Tod getrieben. Schämst du dich nicht, noch draußen herumzulaufen?« In der Schule zogen sich die meisten Jungen von ihm zurück, denn es war ihnen von ihren Eltern verboten worden, sich mit dem »bösen Heinrich« einzulassen. Und gar erst die Mädchen, die alle sehr an Berta hingen. Sie hatten eine große Wut auf ihn, zeigten mit Fingern auf ihn und erzählten einander von seinen Untaten und von Bertas ständiger Geduld und Sanftmut. Dazu kam, daß er die Hilfe der Schwester bei den Hausaufgaben schmerzlich vermißte; er hatte sich in seiner Faulheit gar zu sehr darauf verlassen. Es zeigte sich erst jetzt, wie wenig er wußte und konnte, so daß selten ein Tag ohne Strafe abging.

Am allerschlimmsten aber war es zu Hause. Ach, hätten die Eltern nur verstanden, sein Herz zu gewinnen, jetzt wäre die richtige Zeit dazu gewesen. Jetzt war es weich und empfänglich, denn er hatte Berta wirklich lieb, und es schmerzte ihn, daß er schuld an ihrem Leiden war. Aber sie dachten nur, durch doppelte Strenge das nachholen zu müssen, was sie bisher versäumt hatten. Täglich wurde er geschlagen und herumgestoßen, und niemand dachte daran, ihm ein Wort des Trostes und der Ermutigung zuzusprechen, das er doch so sehr brauchte. Dazu war er fast ganz sich selbst überlassen. Das Haus blieb den größten Teil des Tages verschlossen, da die Mutter viel bei Berta sein mußte. In der ersten Zeit, als das Kind in dauernder Todesgefahr schwebte und meist bewußtlos oder im Fieber lag, saß er stundenlang in einem Winkel in Röslers Hof und wartete, ob jemand herauskäme, den er nach Berta fragen konnte. Ein paarmal nahm ihn die Patentante mit hinein ans Bett, aber immer nur für kurze Zeit, wenn Berta schlief, denn der Arzt hatte jeden Kinderbesuch aufs strengste verboten. Heinrich wollte auch gar nicht bleiben; es wurde ihm bange in dem halbdunklen Zimmer, und er konnte die kleine Gestalt auf dem Bett kaum erkennen.

Aber Kinder können nicht lange traurig und sorgenvoll sein. So wurde auch dem Jungen die Last, die auf seinem Herzen lag, bald unerträglich, und er wäre gern wieder lustig gewesen. Hätte er nur der Patentante gehorcht, die zu ihm sagte: »Bitte Gott um Vergebung, Heinrich, und fasse wieder Mut; er wird helfen.« Aber Heinrich tat es nicht. Er fürchtete sich vor Gott und wollte gar nicht an ihn denken.

Eines Tages war es ganz still im Städtchen. Alle waren hinausgegangen auf den Anger, wo heute das große Königsschießen begann, ein Volksfest, das acht Tage dauerte. O wie schön war das andere Jahre gewesen! Als die Großmutter noch lebte, hatte er nicht geruht, bis sie täglich mit ihm hinauszog, Pfefferkuchen und Zuckerstengel kaufte und ihn um Spielzeug würfeln ließ. Auch in den letzten Jahren hatte er immer ein paar Groschen in der Tasche gehabt, um auf dem Karussell zu fahren und etwas von den Herrlichkeiten zu sehen, die es draußen gab: Seiltänzer, Riesen und Zwerge, tanzende Affen und dergleichen. Wie traurig war es dagegen heute! Er wußte, daß es Berta besser ging, die Todesgefahr war vorüber. Nun meinte er, endlich wieder lustig sein zu dürfen und konnte doch nicht. Es war gar so einsam und langweilig.

Verdrießlich schlenderte er durch die leeren Straßen, da hörte er eine Stimme hinter sich rufen: »Heinrich, gehst du mit auf den Anger?« Es war der Winkler-Franz, ein großer Junge von zwölf Jahren, den niemand recht leiden konnte. Er war nicht ehrlich, und wenn in der Schule einem der Federhalter oder das Lineal weggekommen war, so fand sich's oft beim Franz; doch er wußte so geschickt zu lügen, daß ihn niemand fassen konnte. Einen Vater hatte er nicht mehr, seine Mutter aber achtete wenig auf ihn und stand selbst nicht im besten Rufe. Dabei hatte er immer die Taschen voller Geld, denn er trug Zeitungen aus, und niemand fragte danach, was er mit seinem Verdienst machte. Heinrich schüttelte den Kopf und wollte weglaufen, aber Franz faßte ihn am Kittel. »Komm doch mit. Wie lange willst du so jämmerlich herumlaufen? Du tust mir leid. Ich weiß, wie es ist, wenn einen niemand leiden kann. Du und ich, wir gehören zusammen, ich bin auch immer der Sündenbock. Was hast du denn Schlimmes getan? Es klettern genug Kinder auf die Klippe und fallen nicht 'runter. Was kannst denn du dafür?« Wie ein Blitz fuhren die leichtfertigen Worte dem Jungen ins Herz, sie gefielen ihm viel besser als die Ermahnungen der Patentante. Einen Augenblick besann er sich noch, dann legte er seine Hand in die des großen Jungen und sprang leichtfertig mit ihm davon.

Das war eine Lust nach der langen betrübten Zeit! Franz vermied sorgfältig die Gegend des Platzes, wo es fein und vornehm zuging. Aber in dem Winkel, der das wilde Viertel genannt wurde, war er ganz zu Hause. Sie fuhren auf dem Karussell, bis sie müde waren, sahen ein Affentheater und würfelten um Zuckerwerk. Als sie dann hungrig wurden, trat Franz ganz ruhig an eine Bude, deren Besitzerin sich eben abwandte, um zu plaudern, nahm schnell zwei Semmeln und zwei Würstchen vom Tisch und sprang damit weg. Ganz wohl war Heinrich nicht dabei, aber er hatte in dieser Hinsicht kein sehr zartes Gewissen. Nur zu oft hatte er zu Hause Zucker und Obst weggenommen, ja sogar Pfennige und Groschen, um sie zu vernaschen. So ließ er sich die gestohlene Semmel wohlschmecken und kam erhitzt und aufgeregt gerade zur rechten Zeit nach Hause, als die Mutter heimkam, um das Abendbrot zu kochen. Die ganze Woche lief er nun täglich mit dem Franz hinaus, genoß in vollen Zügen die lang entbehrte Lust und labte sich an den Leckerbissen, die der Größere zu verschaffen wußte.

Ach, er aß gar zu gern etwas Gutes, und niemand schenkte ihm was, seit Berta krank war, die sonst alles mit ihm teilte. Wenn er dann abends im Bett lag, klopfte ihm wohl das Herz. Was würde Berta sagen, wenn sie wüßte, was er tat? Aber sie wußte es ja nicht und hatte es so gut bei der Pate. Alle Leute schickten ihr gute Sachen. Täglich kamen kleine Mädchen an Röslers Tür, um nach ihr zu fragen. Und sie kamen nie mit leeren Händen. Köstliches Obst, feines Backwerk, verdeckte Schüsselchen mit wer weiß was für Leckerbissen sah er. Von all dem bekam er nichts. War es da unrecht, sich anderswo ein wenig Spaß zu verschaffen?

Endlich kam der letzte Tag der Festwoche. Er war besonders schön gewesen. Ein Mann hatte eine Schar abgerichteter Hunde sehen lassen, und es war wirklich erstaunlich, was die Tierchen leisteten. Sie hatten bunte Samtjäckchen an mit goldenen Tressen, sie marschierten auf den Hinterfüßen wie Soldaten, präsentierten das Gewehr und schossen auf Kommando. Wie possierlich wußten sich die Getroffenen totzustellen und wieder aufzuspringen, wenn ihnen ein Stückchen Wurst hingehalten wurde! So etwas sah Heinrich gar zu gern, er konnte sich kaum losreißen und lachte auf dem ganzen Heimweg über die klugen Tierchen.

»Wo steckst du nur, Heinrich?« sagte die Mutter, als er in die Küche trat. »Berta verlangt nach dir, sie ist heute viel munterer. Lauf' nur gleich hin, daß sie dich noch sieht, ehe sie einschläft.« Das war ja herrlich! Nun wurde Berta wieder gesund, und alles war wieder gut. Jetzt wollte er ihr gleich von den tanzenden Hunden erzählen. Daß er mit Franz gelaufen war, brauchte er ja nicht zu sagen, es war ja nun bestimmt das allerletzte Mal gewesen.

Die Vorhänge des Krankenzimmers waren aufgezogen, das Fenster stand offen, daß die frische Luft hereinströmen konnte. Heinrich wollte auf das Bett zueilen, aber ein Wink der Tante mahnte ihn zur Vorsicht. »Heinrich ist da, Berta«, sagte sie leise. Da hob sich das Köpfchen ein wenig aus den weißen Kissen und wandte sich dem Jungen zu. Aber war denn das seine Berta? Ach, wie bleich und eingefallen waren die Wangen, wie mager die Hände, die sie ihm entgegenstreckte, und wie seltsam leuchteten die dunklen Augen! Sie sah aus, als könne sie nie wieder herumspringen und spielen, und aus den tanzenden Hunden machte sie sich jetzt gewiß nichts. Eine Weile sah er sie still und ängstlich an und dachte, wie frisch und blühend sie früher gewesen war. Ach, er war doch schuld daran, daß sie sich so verändert hatte, mochte der Franz sagen, was er wollte! Er schlug die Hände vors Gesicht und weinte. »Sei nicht mehr traurig, Heinrich!« sagte die liebe, sanfte Stimme. »Ich bin dir gar nicht böse, und die schlimme Zeit ist nun vorbei für uns beide. Du darfst jetzt alle Tage zu mir kommen, jeden Tag etwas länger. Ich freue mich so darauf. Sieh, was ich habe!« fuhr sie fort, und zeigte auf eine glänzende Weintraube, die auf dem Tischchen neben dem Bett lag. »Die wollen wir jetzt essen. Setz dich her und steck' immer mir eine Beere in den Mund und dann dir eine.« Bei diesen Worten fiel dem Jungen ein Stein vom Herzen. Sie redete ja ganz wie sonst, und während des Essens lachte sie so freundlich, daß er vielleicht doch von den Hunden erzählt hätte, wenn die Patentante nicht dabei gewesen wäre, vor der er immer eine Scheu hatte.

Von diesem Tage an erholte sich Berta schnell und freute sich jeden Tag auf den Besuch des Bruders. Sie hatte immer eine Überraschung für ihn bereit: eine süße Frucht, ein Stückchen Backwerk oder ein Bild, das sie mit den schwachen Händchen ausgeschnitten hatte, um sich die langen Stunden zu verkürzen. Heinrich brachte ihr dafür große Sträuße von Buschnelken und Sternblumen, die im verwilderten Garten daheim in üppiger Fülle wuchsen. Von der schweren Zeit, in der sie in Schmerzen und Todesgefahr gelegen hatte, sprach Berta nie, sie schien selbst nicht viel Erinnerung daran zu haben. Sobald sie aber etwas kräftiger wurde und Heinrich länger bleiben durfte, fragte sie eifrig nach den Hausaufgaben und fing bald an mitzulernen, besonders die Lieder und Bibelsprüche. So fleißig war Heinrich in seinem Leben noch nicht gewesen, aber abschlagen konnte er der Schwester jetzt nichts. Er saß geduldig mit dem Buch neben ihr, bis sie beide die Sache im Kopf hatten. Nach und nach merkte er auch, daß es doch nicht so übel war, in der Schule ohne Anstoß aufsagen zu können und gelobt statt ausgeschimpft und bestraft zu werden. Immer längere Zeit brachte er täglich bei Berta zu, spielte mit ihr und las ihr vor, so daß er weder Zeit noch Lust zu dummen Streichen hatte. Eltern und Lehrer behandelten ihn wieder freundlicher, die Jungen vergaßen ihren Widerwillen gegen ihn, und man wunderte sich allgemein, daß der böse Heinrich auf einmal so brav geworden war.

Nur Franz war ärgerlich, daß sich der kleine Junge, den er zum Gehilfen seiner bösen Streiche auserwählt hatte, wieder von ihm zurückzog. Schon mehrmals hatte er ihm vergeblich aufgelauert. Aber eines Abends erwischte er ihn, als er noch spät von der Mutter in ein Geschäft geschickt worden war.

»Höre 'mal«, fing Franz an, »was soll das heißen, daß du tust, als würdest du mich nicht mehr kennen? Hast du das Königsschießen schon vergessen?« »Ach, laß mich; ich will nichts mit dir zu tun haben!« »So! Du denkst wohl, weil du jetzt so schön aufsagst in der Schule, bist du ein Heiliger geworden? Stimmts, bei Röslers gibts gute Häppchen, wenn du brav bist? Gib mir erst 'mal mein Geld wieder.« »Was für Geld?« »Nun, was ich auf dem Schießen für dich ausgelegt habe. Denkst du, wir haben den ganzen Spaß umsonst gesehen?« »Ich dachte, das hättest du mir geschenkt!« »Du bist ein richtiges Schaf! Für so dumm hätte ich dich nicht gehalten. Mach nur, daß du's zusammenbringst. Wir ziehen bald fort von hier, da muß ich's haben. Hier hab ich's aufgeschrieben, es macht gerade zwanzig Mark.«

Nun war es wieder aus mit Heinrichs Frieden. Jeden Abend lauerte ihm der Franz auf und quälte ihn wegen des Geldes. »Ich sag es aber jetzt meinem Vater und dem Schuster, wenn du mich nicht in Ruhe läßt«, rief Heinrich endlich ganz außer sich. »So sag's doch! Dann sag ich auch, daß du mir geholfen hast beim Semmeln, Würste und Kuchen stehlen. Immer sag's, mir ist es recht.« »Wo soll ich denn Geld herkriegen? Ich hab' ja keins.« »Du bist aber dumm! Bist jeden Tag beim Schuster und fragst noch. Greif nur in die Schublade unter dem Arbeitstisch, dann hast du's gleich.« Heinrich kannte die kleine Schublade wohl. Der Pate pflegte das Geld hineinzutun, das ihm täglich für kleine Flickereien gegeben wurde. Er traute niemandem etwas Böses zu, so blieb sie fast immer unverschlossen.

Am andern Tag schlief Berta, als Heinrich zu ihr kam. Der Pate war auf dem Feld, um Kartoffeln zu ernten. »Heinrich«, sagte die Patentante zu ihm, »ich will das Vesperbrot aufs Feld schaffen, solange du hier bist. Laß die Tür zur großen Stube offen, damit du hörst, wenn jemand kommt. Weck mir aber Berta nicht!«

Nun saß der Junge ganz allein. Morgen mußte er dem Franz das Geld geben, sonst kam es heraus, daß er sich mit ihm eingelassen hatte. Was würde Berta sagen, was der Lehrer und die Eltern? Eben fingen sie wieder an, freundlich mit ihm zu sein, dann würden sie ihn wieder verachten und herumstoßen. Der Pate nahm so viel Geld ein, was tat es, wenn ein paar Mark fehlten? Er warf einen Blick auf Berta, sie schlief noch fest. Der Tisch des Onkels stand der offenen Tür gegenüber. Heinrich stand leise auf, huschte hinaus, und als er sich gleich darauf wieder ans Bett setzte, hatte er die Hand voll Geld. Er öffnete sie und zählte; es war genug, sogar noch ein paar Groschen darüber. Da rührte sich Berta, und er steckte das Geld schnell in die Tasche.

»Ei, wie lange ich geschlafen hab'«, rief das Mädchen, »mir geht es heute so gut. Denk dir nur, Heinrich, bald darf ich mich aufsetzen. Dann wollen wir noch schöner miteinander spielen. Bring doch unser Kaffeetrinken ans Bett, dort steht es auf dem Tisch.« Ach, dem Jungen schmeckten heute die schönen Äpfel aus Röslers Garten ganz bitter, und das Stück Brot blieb ihm fast im Halse stecken. »Ich bin so froh, Heiner«, plauderte die Schwester während des Essens, »daß du jetzt so lieb bist und auch so gut lernst. Wie schön wird es sein, wenn wir erst wieder zusammen in die Schule gehen. Mir tut's nun gar nicht leid, daß ich von der Klippe gefallen bin, weil es dich so lieb gemacht hat.« Heinrich fuhr mit der Hand in die Tasche und hatte Lust, das Geld schnell wieder in den Kasten zu tragen. Da ging die Tür auf, und die Patentante trat wieder ein. »Du sollst heute beizeiten nach Hause kommen«, sagte sie zu Heinrich, »die Mutter will morgen waschen, und du sollst Wasser tragen.« »Aber morgen ist Mittwoch, wir müssen das Lied lernen«, meinte Berta. »Welches ist es denn? Lies es mir doch vor.« Mit etwas unsicherer Stimme las Heinrich:

»Jesus nimmt die Sünder an;
saget doch dies Trostwort allen,
welche von der rechten Bahn
auf verkehrten Weg verfallen.
Hier ist, was sie retten kann:
Jesus nimmt die Sünder an.«

»O, das ist ein schönes Lied, den Vers kann ich schon. Die Patentante singt ihn oft!« rief Berta. »Ich will ihn einmal aufsagen.« Mit gefalteten Händen und glänzenden Augen wiederholte sie die Worte.

Einen Augenblick lang war es Heinrich, als müsse er am Bett auf die Knie sinken und der Schwester alles sagen. Ach, hätte er's doch getan! Alle hätten ihm verziehen, und er hätte mit leichtem Herzen ein neues Leben anfangen können. Aber Leichtsinn, Furcht und falsche Scham erstickten schnell die Stimme Gottes in seinem Herzen, er schwieg und lernte weiter. Dennoch prägten sich die Worte des Liedes seinem Gedächtnis unauslöschlich ein und ruhten da wie ein Samenkorn, das nach langer Zeit an einem ganz anderen Krankenbett aufgehen sollte.

»Gute Nacht, Heiner!« sagte Berta, als beide die Verse gelernt hatten. »Morgen nachmittag ist keine Schule, da bleibst du umso länger.« Sie breitete ihre Arme aus, umschlang den dunklen Lockenkopf des Bruders und küßte seine Stirn. Ach, es war der Abschiedskuß für lange, lange Zeit!

Als der Heinrich mit seinen Eimern zum Brunnen lief, lungerte der Franz am Weg herum. »Na, wie steht's?« fragte er. »Wird's bald?« »Hier ist's!« erwiderte Heinrich. »Aus der Schublade?« Heinrich nickte. »Sieh dich nur vor, daß es niemand merkt; wenn es 'rauskommt, stecken sie dich ins Gefängnis«, flüsterte ihm der böse Junge zu und lief höhnisch lachend mit dem Gelde davon.

Ins Gefängnis! Das war ja schrecklich. Heinrich zitterte schon bei dem Gedanken. Aber vielleicht merkte es niemand, und dann war ja alles gut. Er hatte schon oft gehört, wie die Tante im Scherz sagte, ihr Mann gehe zu leichtsinnig mit seinem Geld um. Wer weiß, ob er es gezählt hatte! Damit tröstete er sich und nahm sich vor, die übrigen Markstücke so bald wie möglich wieder in das Kästchen zu legen.

Am anderen Morgen führte ihn sein Schulweg wie gewöhnlich an Röslers Haus vorbei. Sonst pflegte er stets einzutreten, um Berta wenigstens einen kurzen Morgengruß zu sagen. Heute blieb er unschlüssig unter dem offenen Stubenfenster stehen. Da hörte er, daß drinnen leise, aber eifrig gesprochen wurde. »Weißt du auch bestimmt, daß es so viel war?« fragte die Patentante. »Ganz genau! Ich habe es zufällig gezählt, ehe ich ging. Es fehlen fünfundzwanzig Mark. Aber ich kann mir nicht denken, daß er es gewesen ist; er hat mir in der letzten Zeit ganz gut gefallen.« »Mir ja auch, aber er sah immer aus, als ob er kein ganz gutes Gewissen hätte. Ich trau' ihm nicht recht! Wir wollen ihn fragen, wenn er heute kommt und sonst niemanden etwas merken lassen, besonders Berta nicht.«

Heinrich hatte genug gehört. Statt in die Schule zu gehen, bog er in ein Gäßchen ein, das hinaus aufs Feld führte. Er lief und lief und stand nicht eher still, als bis er ganz erschöpft war und hohe Waldbäume die Häuser des Städtchens vor seinen Augen verbargen. Hier warf er sich ins Gras und dachte nach, was er tun sollte. Weit in die Welt hinauszulaufen und Röslers nie wieder unter die Augen zu treten, das war das erste, was ihm einfiel. Er hatte ja fünf Mark in der Tasche und ein großes Stück Brot bei seinen Büchern unter dem Arm. Damit kam er schon weit. Aber was würde Berta sagen, wenn er heute nicht käme und morgen nicht und nie wieder? War es vielleicht doch besser, umzukehren und alles zu gestehen? Einen Augenblick schwankte er, aber die Furcht vor dem Gefängnis war zu groß. Er sah schon im Geiste, wie er abgeführt wurde und die Gassenjungen hinterherliefen und mit Fingern auf ihn zeigten. Berta wußte vielleicht jetzt schon, daß er ein Dieb war und hatte ihn nun auch nicht mehr lieb. Niemand hatte ihn lieb zu Hause, das wußte er schon lange und hatte sich oft fortgewünscht. Wer weiß, was für Glück er in der weiten Welt finden würde! So dachte der dumme Junge, schob die Schulbücher unter einen hohlen Baum, der am Weg stand, und lief weiter.

Gegen Mittag stand er auf der Höhe eines Berges und sah weit hinaus ins Land. Zwischen Feldern, Wiesen und Gärten lagen mehrere Dörfer. In der Ferne erhoben sich die Türme einer Stadt. Und mitten durch die Landschaft zog sich der Silberstreifen des Flusses, der durch starke Regengüsse bedeutend angeschwollen war. Hier oben war Heinrich schon einmal mit Berta gewesen; es war der weiteste Spaziergang, den sie miteinander gemacht hatten. Sie hatten sich sehr gewundert, wie groß und weit doch die Welt ist und was das dort für eine Stadt ist, die drei Türme hat. Heinrich streckte sich ins weiche Gras, um auszuruhen und sein Brot zu essen. Dann sprang er auf, warf noch einen schnellen Blick rückwärts, wo in der Ferne die Dächer des Heimatortes in der Sonne glänzten und rannte dann leichtfüßig den Waldweg hinab geradewegs in die weite, weite Welt.–

In Bertas Krankenzimmer sah es heute besonders freundlich aus. Eine kleine Nachbarin hatte am Morgen einen prächtigen Strauß Astern und Dahlien gebracht, eine andere ein Körbchen köstlicher Weintrauben. Und Berta selbst war so glücklich, denn der Arzt hatte ihr erlaubt, ein wenig aufrecht zu sitzen. Aber sie wollte sich erst am Nachmittag aufsetzen, Heinrich sollte sie sitzend finden. Wie würde er sich freuen! »Es schlägt schon zwei Uhr, liebe Tante«, sagte sie, »nun wird er bald kommen.« Frau Rösler, die heute ungewöhnlich ernst und still war, richtete das Kind auf, stützte es mit Kissen, bürstete das lockige Haar und ordnete das saubere Nachthemdchen. Fröhlich klatschte Berta in die Hände: »O, ich bin so froh, so froh! Nun darf ich bald wieder aufstehen und draußen spielen. Jetzt ist auch der Heinrich lieb, da hab ich gar keine Sorgen mehr. Stimmt's, Pate?« »Sorgen? Ei, das wär' ja schlimm, wenn ein so kleines Ding schon wüßte, was das ist.« Ernst und verwundert blickte das Kind auf, sagte aber nichts weiter, sondern lauschte auf jeden Schritt, ob nicht der Bruder da sei. Aber eine Stunde verging, und er war noch nicht gekommen. Müde sank das Köpfchen tiefer und tiefer in die Kissen zurück. Endlich ordnete die Pate das Lager wieder, und das erschöpfte Kind schlief lange Zeit. »Ist er noch nicht da?« war seine erste Frage beim Erwachen.

Da ging die Tür auf, und die Mutter trat ein. »Ist Heinrich nicht hier?« fragte sie. »Nein, wir warten schon lange auf ihn.« »Wo wird er wohl sein? Er ist nach der Schule gar nicht nach Hause gekommen. Ich dachte, er hätte hier mit Mittag gegessen.« »O, mein Heiner!« rief Berta erschrokken. »Es wird ihm doch nichts geschehen sein?« »Was soll ihm geschehen, hier im Städtchen, wo überall Leute sind?« meinte die Mutter. »Er wird eben wieder einmal mit den Jungen gelaufen sein. Es wundert mich schon lange, daß er so zahm war. Das hält bei dem nicht lange vor. Wenn er Hunger hat, wird er schon heimkommen.« Die Patentante aber schüttelte den Kopf, winkte die Mutter leise in die andere Stube und erzählte ihr von dem Verdacht, in dem sie den Jungen hatte. Davon wollte Frau Burkhardt aber nichts wissen. Heinrich sei ein arger Bengel und ein Trotzkopf, ein Dieb aber sei er nicht. Wozu sollte er jetzt auch Geld stehlen und damit weglaufen, wo es ihm doch so gut ging und alle Leute freundlich zu ihm waren? Auch der Schuster stimmte ihr zu und meinte, es könne sich gut ein Herumstreicher eingeschlichen und das Geld weggenommen haben. Heinrichs Wegbleiben hänge damit wohl nicht zusammen, er werde schon heimkommen, wenn es Nacht würde.

Aber Heinrich kam nicht. Jungen aus seiner Klasse erzählten, er sei nicht in der Schule gewesen. Ein Mann, der von der Feldarbeit heimkam, hatte ihn früh nach dem Wald laufen sehen. Nun wurde die Sache bedenklich. Man fragte beim Lehrer, ob der Junge vielleicht einen dummen Streich angestellt und sich aus Furcht versteckt habe. Aus letzter

Zeit war aber nur Gutes über ihn zu berichten. Man wartete, man fragte im Städtchen herum, man schickte einen Boten ins Dorf zur Tante: Es war alles umsonst.

Endlich brach die Nacht herein, eine bange, angstvolle Nacht für alle. Es war nur gut, daß Berta, vom Warten und Weinen müde, endlich einschlief, mit der sicheren Hoffnung, den Bruder am anderen Morgen an ihrem Bett zu finden. Aber er war nicht da. Nun wurde rings die Gegend abgesucht, denn man fürchtete, der Junge sei verunglückt. Doch fand sich nirgends eine Spur von ihm. Unterdessen erzählte auch ein Mann im Städtchen, daß er Heinrich öfters mit dem Winkler-Franz auf dem Anger gesehen habe. Der Franz wurde vorgenommen und befragt, leugnete aber alles so frech ab, daß nichts mit ihm anzufangen war. Einige Tage später zog er mit seiner Mutter aus der Gegend fort.

Es war am ersten Tag nach dem Verschwinden Heinrichs. Berta hatte stundenlang still gelegen, die großen Augen unverwandt auf die Tür gerichtet und ängstlich auf jeden Ton lauschend. Jetzt, da der Abend hereinbrach, lehnte sie ihr Köpfchen an die Brust der Tante und weinte bitterlich. »Bin ich denn wirklich daran schuld«, schluchzte sie, »daß mein Heinrich fort ist?« »Du? Kind, was fällt dir ein? Du hast ihn ja gehütet wie deinen Augapfel!« »Ach nein, das hab ich nicht getan, seit ich krank bin. Weil ihr mich alle so gepflegt habt und ich so sehr matt und schwach war, hab ich immer nur an mich gedacht. Ich hab ja noch nicht einmal das Kreuzchen wieder um. Gib es mir doch bitte gleich.« »Welches Kreuzchen? Du hattest keins um, als sie dich hereinbrachten. Ich weiß es genau, denn ich habe dich ausgezogen.« »Ach, dann ist es weg, dann hab ich's beim Fallen verloren. Ich habe es noch blinken sehen, bevor ich hinuntergeklettert bin; sonst hätte ich das vielleicht gar nicht gewagt.« »Ich versteh dich nicht, Kind! Was meinst du für ein Kreuzchen?« »Weißt du das nicht? Hab ich dir das nicht gesagt, als ich noch ganz schlimm krank war? Das von der Großmutter.« »Du hast im Fieber davon gesprochen, aber wir konnten nicht verstehen, was du meinst.« »Die Großmutter hat mir's gegeben, bevor sie gestorben ist. Und ich mußte ihr darauf versprechen, immer nur für den Heinrich zu sorgen. Helfen, acht auf ihn geben und vor Schaden behüten, hat sie gesagt. Ach Pate, es war so schwer!« schloß das Kind mit einem tiefen Seufzer. »Mein armes Kind, welche Last hast du getragen in der langen Zeit! Nun erkläre ich mir manches, was mir seltsam an dir vorkam. Warum hast du mir das nicht schon längst gesagt? Ich hätte dir doch raten und helfen können!« »Ach, ich dachte, es wäre ein Geheimnis, weil es so feierlich war bei der Großmutter. Und nun ist er in die weite Welt gegangen! Ich weiß es, er wollte schon immer fort. Ich hab ihn aber immer zurückgehalten, und mir zuliebe ist er wieder gern dageblieben. Ach, ich konnte ihn ja nicht halten, weil ich hier im Bett liegen mußte.« »Nein, das konntest du nicht. Kein Mensch kann den anderen behüten, das kann allein der liebe Gott. Das war nicht richtig von der Großmutter, dir eine solche Last aufzulegen. Aber trotzdem hast du sie tapfer getragen und beinahe dein Leben für deinen Bruder verloren. Es ist gut, daß das Kreuzchen weg ist. Damit zeigt dir Gott, daß du dein Versprechen erfüllt hast. Befiehl nur Heinrich fleißig dem Schutz Gottes. Ich hoffe, daß er ihn wieder zu uns führen wird. Selbst wenn er fortlaufen wollte, wird er bestimmt bald gefunden und zurückgebracht. Dann wird er einsehen, wie gut es daheim ist.« Auch die Eltern teilten diese Hoffnung, denn sie meinten, der Junge sei noch zu kindisch und unwissend, um seinen Weg in größere Ferne zu finden.

Aber sie hofften umsonst. Ein Tag nach dem anderen verging, ohne daß Nachricht von ihm kam. Der Jammer der Eltern wurde immer größer, besonders als sie sahen, daß ihr Töchterchen täglich trauriger und bleicher wurde und die Sehnsucht nach dem Bruder ihre Kräfte verzehrte. Dazu sagte ihnen ihr Gewissen, daß sie den Jungen jahrelang verzogen und sich selbst überlassen, in der letzten Zeit aber durch harte Behandlung von sich gestoßen hatten.

Zwei Wochen waren in Sorge und Kummer und mit vergeblichen Nachforschungen vergangen. Der Arzt hatte erlaubt, daß Berta das Bett verließ, weil der Schaden geheilt war. Außerdem konnte sie im Liegen nicht wieder zu Kräften kommen. So saß sie eines Tages im alten Lehnstuhl am Fenster und blickte in den herbstlichen Garten, wo ein rauher Wind die Blätter von den Bäumen riß. »Nun wird es kalt draußen«, sagte sie. »O, wo wird mein Heiner sein? Wenn er gestorben wäre und im Himmel beim lieben Gott, wollte ich mich gern trösten. Aber wenn ich daran denke, daß er draußen in der Welt ist und kommt zu bösen Menschen und wird vielleicht selbst böse und gottlos, dann muß ich mich zu Tode grämen.« Der Pate war eben eingetreten und hatte diese Worte gehört. »Ist das dein Ernst, Berta?« fragte er sanft. »Ja, mein voller Ernst!« »Nun, so will ich dir erzählen, was wir eben erfahren haben. Komm, gib mir deine Hand und denk: Was Gott tut, das ist wohlgetan! Man hat den Heinrich gefunden. Weit von hier hat der Fluß, der dort schon breit und tief ist, den toten Körper eines Jungen ans Land gespült. Die Gesichtszüge waren nicht mehr deutlich zu erkennen. Aber an der Größe, an dem dunklen Haar und dem alten schwarzen Samtjäckchen, das er trug, ist es klar zu sehen, daß es dein Bruder war. Armes, armes Kind!« schloß er, den Kopf des weinenden Mädchens streichelnd, »Gott legt dir viel auf, aber du kannst sicher sein, daß er dir auch tragen hilft. Denk an deine Eltern, sie werden gleich kommen. Ich habe ihnen versprochen, dir alles zu sagen. Sie selbst konnten es nicht übers Herz bringen.« -

Aber Heinrich war nicht tot. Es war ein anderer Junge, der in der fernen Stadt in ein einsames Grab gelegt wurde. Es war ein kleiner Italiener namens Paolo, den seine Mutter mit vielen Tränen und Segenswünschen hatte in die Welt ziehen lassen, damit er sich als Musikant sein Brot verdiene und nicht in Hunger und Armut verderbe. Der Mann, der ihn mitnahm, hatte sich gut und freundlich gestellt und fest versprochen, übers Jahr den Kleinen wieder heimzubringen. Aber Paolo gefiel es nicht in der Welt draußen. Er hatte immer schreckliches Heimweh nach seiner Mutter, nach dem warmen, sonnigen Vaterland, ja selbst nach der elenden Hütte, wo die bitterste Armut wohnte. An demselben Abend, an dem Heinrich das Geld aus dem Kästchen des Schusters nahm, lag der arme Junge in einem Stall auf dem Stroh und weinte herzzerbrechend. Heute hatte er gehört, daß sie nicht, wie er gehofft hatte, bald nach Hause zurückkehren, sondern eine weite Reise antreten würden über das große Wasser. Das konnte er nicht ertragen, er mußte heim zu seiner Mutter. Als nun alle schliefen, schlüpfte er hinaus, lief und lief, so schnell er konnte, durch Wald und Flur, und der Mond leuchtete ihm dazu vom Himmel. Er lief die ganze Nacht, und als die Sonne aufging, stand er auf einem Berg. Nun wußte er, wo Süden war. Dorthin mußte er laufen, dann kam er bestimmt endlich nach Hause. Er kniete nieder, hob die Hände zum Himmel und betete laut: »Lieber, lieber Gott, ach, bring mich doch nach Hause zu meiner Mutter! Ich bitte dich, zeig mir doch den Weg!« Dann lief er immer weiter nach Süden zu und kam endlich an einen reißenden Fluß, über den eine schmale Holzbrükke führte. Über Nacht hatten die Wellen die Brücke so zerbrochen, daß sie gerade noch zusammenhielt, solange niemand darauftrat. Als nun der kleine Junge eilig dar-

überlaufen wollte, brach sie zusammen, und das schäumende Wasser riß ihn mit sich fort, weit, weit weg, bis er endlich nach vielen Tagen ans Ufer gespült und tot gefunden wurde.

Aber Gott hatte sein Gebet erhört. Denn seine Mutter war auch gestorben und empfing ihn nun im Himmel, wo kein Scheiden und Heimweh mehr ist.

In die weite Welt

Als Heinrich so dahinsprang unter dem tiefblauen Himmel in der klaren, frischen Herbstluft, erwachte sein alter Leichtsinn bald wieder. Jetzt war er doch einmal ganz frei, was er so oft gewünscht hatte. Das war doch etwas anderes, als still an Bertas Bett zu sitzen oder Holz und Wasser zu tragen für die Mutter. An die Zukunft dachte er nicht, er genoß die Gegenwart in vollen Zügen. Bald kam er an einem großen, offenen Obstgarten vorbei, der in der Nähe eines Bauernhofes lag. Alles war still ringsum, es schien niemand daheim zu sein. Die meisten Bäume waren abgeerntet, aber einige hingen noch voller lachender, rotbäckiger Äpfel. Eine Stange fand sich auch. Er schlug an die Äste und sammelte von den herabgefallenen Früchten, soviel er sich in die Taschen stopfen und in sein Halstuch binden konnte. Behaglich essend, setzte er seinen Weg fort. Die Dörfer mied er und kam endlich gegen Abend auf die Landstraße, die der Stadt zuführte. Da war es aus mit der Einsamkeit. Es mußte dort wohl Jahrmarkt sein; denn die Leute aus den Dörfern, denen er begegnete, waren mit allerhand Einkäufen beladen. Das paßte ja prächtig! Da gab es bestimmt allerlei zu sehen. Und an Pfefferkuchen wollte er sich einmal richtig satt essen, er hatte ja Geld in der Tasche. Bald war er in der Stadt, und das lustige Gedränge in den Straßen, die Musik und der Anblick der bunten Verkaufsbuden berauschten ihn vollends und ließen ihn alles Vergangene vergessen.

Endlich war er aber doch vom Umherlaufen müde, und es war ihm ganz willkommen, daß er abseits vom Gedränge einen grünen Platz fand, wo unter schattigen Bäumen einige Bänke standen. Dort setzte er sich nieder, um auszuruhen und den Rest seines Kuchens zu essen. Am anderen Ende des Platzes war eine Schar Jungen versammelt, aus deren Mitte von Zeit zu Zeit helles Lachen und Jubeln ertönte, dazwischen die Klänge einer Drehorgel. Da gab es bestimmt etwas Lustiges zu sehen, und nach kurzer Ruhe sprang Heinrich über das Gras und drängte sich durch die Reihe der Kinder. Ei, das war eine Überraschung! Das war ja der Mann mit den Hunden, die ihm beim Schützenfest so viel Spaß gemacht hatten. Sie zeigten all ihre possierlichen Künste und noch neue dazu. Sie saßen um einen kleinen Tisch und spielten Karten miteinander, sie schoben Kegel und warfen sich bunte Bälle zu. Aber bald fing es an, dunkel zu werden, der Mann packte seinen Kram in einen Handwagen und gab einem der Hunde ein Schüsselchen in die Pfoten, daß er Geld von den Zuschauern einsammle. Mühsam wandelte das Tierchen von einem zum anderen und brachte zuletzt das gefüllte Schüsselchen seinem Herrn. Dann aber fiel es sichtlich erleichtert auf seine vier Beine und folgte seinen Gefährten, die schon auf den Wagen gesprungen waren. Der Größte allerdings wurde vorgespannt und mußte ziehen helfen. Die Jungen zerstreuten sich, und der Mann fuhr langsam davon.

Unschlüssig folgte ihm Heinrich. Er fing an zu fühlen, daß er den ganzen Tag gelaufen war. Die Beine taten ihm weh, und die Augen fielen ihm zu vor Müdigkeit. Pötzlich fiel ihm ein, daß es ja nun Nacht war und er kein Bett hatte. Es wurde ihm so seltsam und traurig zumute nach all der Lust und Aufregung. Die Straßen waren stiller geworden, überall sah man Leute nach Hause eilen. Ach, wenn er doch auch nach Hause könnte und in sein gutes Bett! Ohne recht zu wissen, warum, lief er dem Hundewagen nach durch einige Straßen aus der Stadt hinaus aufs Feld, bis dieser vor einer halbverfallenen Scheune stillstand. Die Hunde schienen den Ort schon zu kennen, denn sie sprangen ab und liefen hinein. Der Mann schob den Wagen dicht an die Wand, befahl dem großen Hund aufzupassen und folgte den Tieren ins Innere der Scheune.

Neugierig guckte Heinrich durch das offene Pförtchen in einen weiten, düsteren Raum, in dem hier und da einige alte Stroh- und Heuhaufen lagen. Auf einem derselben saß der Mann. Eine Laterne, die er an einem Balken aufgehängt hatte, beleuchtete eine seltsame Gruppe. Die Hunde standen auf den Hinterfüßen im Halbkreis um ihren Herrn, der Stücke von einem groben Brot abschnitt und der Reihe nach an sie austeilte, während er selbst abwechselnd von einer Butterschnitte und einer Wurst abbiß. Die hungrigen Tierchen blickten sehnsüchtig auf die immer kürzer werdende Wurst, aber nur eines, das sich heute besonders gelehrig erwiesen hatte, bekam den letzten Zipfel davon. Als das Mahl beendet war, wurde den müden kleinen Künstlern erlaubt, sich ins Stroh zu verkriechen zur wohlverdienten Nachtruhe. »So gut, wie die hier schlafen, kann ich das auch«, dachte Heinrich, bei dem jetzt die Müdigkeit jedes andere Gefühl zurückdrängte. Unbemerkt schlüpfte er hinein, huschte in den dunkelsten Winkel, grub sich tief in einen Heuhaufen und sank nach wenigen Minuten ganz erschöpft in einen tiefen Schlaf.

Gegen Morgen hatte er einen seltsamen Traum. Er stand in Röslers Stube vor der geöffneten Schublade und legte das gestohlene Geld wieder hinein und noch so viel dazu, daß sie ganz voll wurde. Als er bald darauf erwachte, kam ihm ein guter Gedanke: Gestern war es ja ganz hübsch gewesen in der weiten Welt. Aber sie war doch größer, als er gedacht hatte, und abends war's ihm doch recht bange geworden. Vielleicht wär es das beste, wenn er versuchte, Geld zu bekommen. Er hatte oft sagen hören, daß es draußen in der Welt viel davon gäbe. Danach wollte er zurückgehen und es wieder in das Kästchen legen. Dann war ja alles wieder gut. Ganz fortgehen wollte er lieber doch nicht. Es war ihm so seltsam zumute, wenn er an Berta dachte. Das hatte ihn sogar in der Jahrmarktslust mehrmals gestört. Jetzt aber wollte er noch ein wenig schlafen, denn er war noch müde, und die Glieder taten ihm weh von der gestrigen Anstrengung.

Da hörte er plötzlich halblaut sprechen und hob vorsichtig den Kopf, um zu sehen, wo es wäre. Die Tür war noch geschlossen und der Raum nur spärlich erhellt. Aber er sah deutlich den Hundemann auf dem Stroh sitzen und neben ihm einen großen, starken Mann mit raschen, heftigen Bewegungen. »Wie fest die Jungen noch schlafen«, sagte der erste. »Es war freilich auch schon Mitternacht, als ihr gekommen seid. Aber es sind ja nur drei. Wo ist Paolo?« »Fortgelaufen!« rief der Fremde, die Faust ballend. »Vorgestern noch da, kroch abends ins Heu, früh weg. Stundenlang suchen, nix finden.« »Sei froh, daß du ihn los bist. Er eignet sich nicht zur Kunst.« »Nix da, nix da! Gesicht blaß, Augen voll Tränen, hübsch, fein, zierlich, mehr wert als Kunst. Leute lieben das. Paolo immer Hand voll Geld. Und dummes Vieh dort jetzt übrig«, schloß er, in eine Ecke zeigend, wo ein Äffchen trübselig auf einem Kasten saß. »Schmeiß ihn ins Wasser«, riet der Hundemann. »Mensch, du verrückt?« schrie der andere, ihn vorn an der Weste packend. »Vieh kostet zehn Taler.« »Na, nur nicht gleich so hitzig. Du findest schon wieder ein' Jungen. Willst du denn noch 'rüber?« Der Fremde nickte eifrig. Dann schüttelte er einen der drei Jungen, die schlafend auf dem Stroh lagen: »Auf! Pedro, Carlo, Hanno, auf! Sonne schon hoch!« Gähnend und sich streckend erhoben sich die Jungen. Die Tür wurde geöffnet, um das helle Tageslicht hereinzulassen. Und Heinrich dachte, jetzt sei die beste Zeit, sich still davonzuschleichen.

Es wäre ihm auch gelungen, wenn der fremde Mann nicht seine Augen überall gehabt hätte. Er war eben damit beschäftigt, vor einem kleinen Handspiegel sein kohlschwarzes Haar zu ordnen, während die Jungen ihre abgeschabten Samtjacken vom Stroh reinigten. Heinrich schlüpfte im Schatten der Wand bis nahe an die offene Tür und wollte eben hinausspringen, da wurde er von einer festen Hand am Kragen gepackt und geschüttelt, daß ihm Hören und Sehen verging. »Paolo, Bösewicht miserabler, Kerl du schlechter, wo du gewesen gestern ganzen Tag?« »Laß mich los, laß mich los!« schrie Heinrich zappelnd und um sich schlagend. »Was willst du nur? So heiß' ich nicht, ich bin's ja gar nicht.« Da packte ihn der Mann bei beiden Schultern, hob ihn hoch in die Höhe und blickte ihn mit funkelnden Augen an, daß es ihm durch und durch ging. Dann aber schleuderte er ihn von sich, daß er unsanft ins Stroh purzelte. »Kind, albernes, wie Paolo und doch nicht ganz Paolo. Fort mit dir, schnell!«

Der Junge rappelte sich auf, um dieser Aufforderung zu folgen. Noch halb betäubt vom Schreck und dem heftigen Schütteln, bemerkte er nicht, daß der Hundemann den Fremden an der Jacke zupfte und einige leise Worte zu ihm sprach. Im Nu war das Benehmen des Italieners, denn ein solcher war der Fremde, wie umgewandelt. Er strich Heinrich sanft über den Kopf und sagte mit weicher Stimme: »Nicht fürchten, Kind armes! Ich nur Spaß machen. Komm, essen mit.« »Ja, komm, Kleiner, wir machen gleich Frühstück. Hast du hier geschlafen?« »Dort«, erwiderte Heinrich, auf seine Ecke zeigend. »Wo bist du denn her, und was machst du hier?« »Nichts.« »So rede doch! Wir meinen's gut mit dir. Oder iß lieber erst, du bist bestimmt hungrig.« Damit reichte er ihm ein großes Butterbrot mit Käse und lud ihn ein, sich neben die Jungen zu setzen, die sich's sehr gut schmecken ließen.

Es waren hübsche Jungen mit dunklem Lockenhaar und glänzenden schwarzen Augen, alle viel älter als Heinrich. Sie lachten ihn an und machten Platz für ihn auf dem Strohhaufen. Zögernd setzte er sich nieder, mißtrauisch auf den Italiener blickend, der sich gerade zwischen ihn und die Tür gestellt hatte. Der aber plauderte lustig und komisch, zog auch bald eine Flasche hervor, aus der alle der Reihe nach tranken, zuletzt auch Heinrich. Es war süß und stark und brannte im Hals. Aber er wurde bald danach munter und fing an, mit zu lachen und zu schwatzen, hütete sich aber, seinen Namen und seine Herkunft zu sagen. Man fragte ihn auch nicht weiter danach. Wohl aber lachten beide Männer ungeheuer darüber, daß er in die Welt gehen wolle, um fünfundzwanzig Mark zu verdienen. »Viel Geld, viel Geld!« sagte der Italiener. »Ich dir geben, wenn du tragen Beppo.« Heinrich blickte verwundert auf. »Ich will dir sagen, was er meint«, fiel der Hundemann ein. »Sieh dort das hübsche Äffchen. Es heißt Beppo. Der Junge, der es getragen hat, ist fortgelaufen. Wenn du es eine Weile tragen willst und die kleine Drehorgel spielen, auf der es sitzt, sollst du das Geld bekommen.« »Dreißig Mark!« rief der Italiener lachend. »Dreißig Mark, wenn du tragen Beppo acht Tage.« »Komm ich dann wieder hierher?« fragte Heinrich. »Bestimmt!« antwortete der Hundemann. »Wir ziehen ja immer hier herum auf den Jahrmärkten und Schützenfesten. Heute in acht Tagen bist du ganz in Sicherheit, da sei nur ganz ruhig.« Der andere nickte zustimmend: »Und lustig Leben, immer lustig! Essen, trinken, Musik machen, spielen, frei und leicht von Ort zu Ort.« »Dann will ich«, rief Heinrich aufspringend, »aber nur acht Tage!«

So war es entschieden. Die drei Jungen zeigten sich sehr erfreut. Der Italiener aber ließ Heinrich sein Jäckchen ausziehen, setzte sich nieder und nähte mit geschickter Hand eine glänzende Goldborte ringsum. Blanke Knöpfe und ein feuerrotes Halstüchlein vollendeten den Putz. »So, nun Paolo, hörst du? Wie du heißen?« »Paolo!« wiederholte Heinrich lachend und ließ sich die kleine Drehorgel umhängen, auf der das Äffchen saß.

Nun war es Zeit zum Aufbruch. Eine Stunde lang wanderten alle zusammen. Der Italiener trug einen großen Kasten auf dem Rücken, die Jungen allerlei Musikinstrumente. Sie waren lustig und guter Dinge, sangen und neckten einander, hielten sich aber nirgends auf, bis sie an eine Eisenbahnstation kamen. Die Stadt, zu der diese Station gehörte, lag ein Stück weit entfernt. Bald kam ein Zug herangebraust. Der Hundemann schüttelte dem Italiener die Hand: »Also heute in acht Tagen treffen wir uns wieder hier, und Paolo bekommt sein Geld. Glück auf der Reise, Paolo!« Der arme Junge sah nicht den boshaften Blick, den die beiden Männer einander zuwarfen. Er sprang lustig in den Wagen, und fort ging es mit Windeseile. Er war noch nie mit der Eisenbahn gefahren und hatte keinen Begriff, in wie kurzer Zeit er weit, weit von der Heimat weggeführt wurde. Zuerst machte ihm das schnelle Fahren Spaß. Bald aber wurde er müde davon. Er legte seinen Kopf auf den Reisesack des Italieners, schlief ein und erwachte erst, als es Zeit zum Aussteigen war. Es fiel ihm allerdings auf, daß die Welt hier ganz anders aussah als daheim, nirgends Berge, immer nur flaches Land.

Er mußte nun lernen, mit dem Äffchen umzugehen, vor dem er sich anfangs ein wenig fürchtete. Doch war es zutraulich und ließ sich alles von Heinrich gefallen, denn es hielt ihn offenbar für seinen früheren Herrn. Geschickt sprang es ihm bald auf den Kopf, bald auf die Schultern oder versteckte sich hinter seinem Rücken. Es fing Äpfel, die er in die Höhe warf, zierlich auf, schwenkte ein buntes Fähnchen und tanzte niedlich zu den Klängen der Drehorgel. Die war ganz leicht zu spielen. Man brauchte nur zu drehen, da kam ganz von selbst die lustigste Musik heraus. Kamen sie nun in ein Dorf, so lief bald alt und jung zusammen. Auf dem freien Platz vor dem Wirtshaus wurde haltgemacht. Der Italiener öffnete den Kasten, der ein kleines, künstlich gearbeitetes Bergwerk enthielt. Zuerst standen die niedlichen, fingerlangen Bergleute still in einer Reihe am Fuße des Berges. Sobald aber die Kurbel an dem Kasten gedreht wurde, begann eine lustige Musik und alle wurden beweglich. Die einen klopften mit einem winzigen Hämmerchen an dem Gestein, andere fuhren kleine mit Erz beladene Karren, noch andere stiegen an Leitern in einen tiefen Schacht hinab und an der anderen Seite wieder herauf, wobei ein Glöckchen mit silberhellem Klang anschlug. Zuletzt aber lagerten sich alle zum Ausruhen unter niedlichen, grünen Tannenbäumchen. Hatte man sich an diesem

Schauspiel satt gesehen, so nahmen die Jungen ihre Trommel, Geige und Trompete und spielten lustige Tänze, worauf die Dorfjugend bald anfing zu hüpfen und zu springen. Paolo aber ließ unverdrossen seinen Beppo Kunststücke machen und ging zuletzt, die Orgel drehend, unter den Zuschauern umher, deren Gaben das Äffchen in seinem roten Mützchen einsammelte.

Diese Arbeit sagte Heinrich weit mehr zu als Lesen, Schreiben und Rechnen, und er war den ganzen Tag über lustig und aufgeregt. An Essen und Trinken war kein Mangel, der Italiener war die Freundlichkeit selbst, und mit den munteren Jungen freundete er sich bald an. Schade war es, daß sie nicht viel Deutsch konnten; doch machten sie sich verständlich, so gut es eben ging. Nur abends wäre er doch lieber in sein Bett gegangen, als immer nur auf Heu und Stroh zu liegen, bald in einer Scheune, bald in einem Stall oder auf einem Dachboden. Das war die einzige Zeit, wo er an Berta dachte, und er zählte die Abende und freute sich doch, als endlich der sechste kam. Am anderen Morgen sollte es wieder auf die Eisenbahn gehen, die Jungen hatten es gesagt. Und dann kam er ja bald heim.

Heinrich war der erste aus dem Stroh und hatte es sehr eilig, daß die Zeit der Abfahrt nicht versäumt wurde. Diesmal schlief er nicht im Wagen, sondern sah gespannt aus dem Fenster, ob er nicht bald die Berge sähe, die sein Heimattal einschlossen. Aber es zeigten sich keine Berge. Gegen Mittag stiegen sie aus in einer großen, großen Stadt, wie Heinrich noch nie eine gesehen hatte. Der Lärm in den Straßen machte ihn ängstlich, er zupfte den Italiener an der Jacke und fragte: »Sind wir bald da?« »Gleich«, war die kurze Antwort. In einem Gasthof, wo es sehr laut und wild herging und viele Menschen sich zwischen Koffern und Kisten herumdrängten, zankten und schrieen, wurde ein reichliches Mittagessen verzehrt und viel von dem starken Zeug aus der Flasche dazu getrunken. Dann wurde alles zusammengepackt, und der Italiener faßte Heinrich fest bei der Hand. »Jetzt komm!« sagte er. »Nach Hause?« schrie

Heinrich durch all den Lärm. Der andere nickte und zog ihn mit sich fort. Nach kurzem Weg durch enge, schmutzige Gassen kamen sie plötzlich an ein großes, breites Wasser, in dem viele große und kleine Schiffe dicht beieinander lagen. Eines der größten lag dicht am Ufer. Haushoch ragte es aus dem Wasser, und eine lange hölzerne Brücke führte hinüber auf das Deck. Viele Menschen liefen darauf hin und her, mit allerlei Gepäck beladen. Am Ufer standen die Leute Kopf an Kopf, plaudernd und lachend, Abschied nehmend und weinend, alles durcheinander. Schon hatten die drei Jungen die Brücke betreten, da fing Heinrich plötzlich an zu schreien: »Hier will ich nicht hin, ich will heim! Heim will ich, zu meiner Berta!«

Sein Geschrei verhallte in dem Lärm. Der Italiener aber drückte Heinrichs Hand so fest, daß es ihn schmerzte, beugte sich nieder und sagte: »Wenn du schreien, ich dich totmachen, gleich, ganz!« Dazu sah er ihn so drohend an, daß der arme Junge gleich still war und zitternd und bebend weiterlief. Nun wurde er auf das Schiff geschleppt, zwischen Kisten und Säcken und aufgeregten Menschen hindurch, eine schmale Treppe hinab in einen großen, halbdunklen Raum. Viele Matratzen lagen dort in langen Reihen nebeneinander, und dazwischen standen schmale, mit Wachstuch überzogene Tische. Hier war es noch fast ganz still. Nur hier und da saßen Leute auf einer Matratze und kramten in ihren Sachen, um sich für die Reise einzurichten. Im äußersten Winkel setzte sich Heinrichs Entführer nieder, stellte ihn vor sich, faßte ihn fest bei beiden Armen und sagte leise mit demselben bösen, wilden, schrecklichen Blick: »Du jetzt mein, du Paolo, du Italiener! Wenn brav und still, alles gut. Wenn weinen und schreien oder Wort sagen zu jemand von heim, dann ich dich schmeißen gleich ins große Wasser. Verstanden?«

Was blieb dem armen Jungen übrig, als zu gehorchen? Leise weinend setzte er sich auf die Matratze; sein Herr drohte ihm noch einmal mit geballter Faust und ließ ihn allein. Er war noch zu jung und unerfahren, um klar zu verstehen, was man mit ihm vorhatte. Nur das eine fühlte er: Diesem Mann mußte er unbedingt gehorchen, wenn er nicht die grausamste Behandlung erleiden wollte. Dieses Gefühl allein machte ihn schon unglücklich. Er war außer sich vor Schreck, Jammer und Wut und durfte doch nicht schreien, ja, er wagte kaum, einen Laut von sich zu geben. Solchen Zwang hatte er noch nie erlebt! Aber er hatte nicht viel Ruhe, über sein Schicksal nachzudenken, denn innerhalb kurzer Zeit füllte sich der Raum mit Männern, Frauen und Kindern. Einige waren lustig, sangen und lärmten, andere weinten und jammerten im Abschiedsschmerz. Alle aber waren bemüht, sich so gut wie möglich in dem engen Raum einzurichten, der jeder Familie zugewiesen war.

Gleichgültig und halb betäubt schaute Heinrich in das Gewühl, bis er endlich auf das harte Lager niedersank und fest einschlief. Als er erwachte, war es Morgen. Der Italiener und die drei Jungen lagen noch neben ihm in tiefem Schlaf, aber in der langen Reihe der Lagerstätten wurde es schon hier und da lebendig. Gestärkt und erquickt durch den langen Schlaf erhob sich Heinrich, spähte ringsumher und bemerkte endlich die schmale Treppe am Ende des Raumes. Jetzt war wohl die beste Zeit, sich einmal umzusehen, wo er eigentlich war und was das Schwanken des Fußbodens und das Brausen und Rauschen, das er hörte, zu bedeuten hatte. Sich an den Tischen festhaltend, kam er bis zur Treppe, stieg mühsam hinauf, trat ans Tageslicht und sah sich um. Er stand auf dem Deck des Schiffes, das sich bald rechts, bald links, bald vorwärts, bald rückwärts neigte. Große Segel blähten sich im Wind, aus einem hohen Schornstein stiegen dichte Rauchwolken empor, und ringsumher brauste und schäumte das Wasser. Er wagte einige Schritte und lehnte sich über die Brüstung. Irgendwo mußte doch etwas von der Welt zu sehen sein! Nein, nirgends! Wasser, nichts als wildes, unruhiges Wasser, so weit man nur sehen konnte. Und das Schiff fuhr mit Windeseile hindurch, immer weiter von der Welt weg.

Jetzt war es ihm klar, daß er Berta nie wiedersehen würde. Ein unbeschreiblicher Schmerz packte ihn, er vergaß seine Angst, warf sich auf die feuchten Bretter und schrie und weinte mit gewohnter Heftigkeit: »Berta, Berta! Ich will zu meiner Berta!«

Es war noch still und leer auf diesem Teil des Decks, nicht weit davon aber arbeiteten einige Matrosen. Schon kam einer auf den jammernden Jungen zu, um nach seinem Leid zu fragen. Da war auch der Italiener zur Stelle, hob ihn wie einen Ball vom Boden auf und hielt ihn mit beiden Händen weit hinaus über die Brüstung, zwischen Himmel und Wasser. »Still sein oder loslassen?« fragte er zähneknirschend. Von tödlichem Schrecken ganz betäubt, schwieg der Junge. Der Mann aber trug ihn eilig die Treppe hinab, warf ihn aufs Lager und schlug ihn mehrmals mit geballter Faust, so hart er nur konnte. »Was quält Ihr denn das Kind?« fragte ein fremder Mann. »Böser Bub das, immer fortlaufen, oben herumklettern, ins Wasser fallen, wenn ich nicht kommen!«

Nun wußte Heinrich, was er zu erwarten hatte, wenn er sich dem grausamen Manne nicht fügte. Stundenlang lag er leise weinend und wimmernd, und niemand kümmerte sich um ihn. Es wurde Mittag, und der Hunger quälte ihn, doch wagte er nicht, sich zu rühren. Endlich hörte er seinen neuen Namen rufen. Vor ihm stand Pedro, der älteste der kleinen Musikanten. »Hier bring ich dir was zu essen, du armer Kerl«, sagte er in gutem, fließendem Deutsch, »du tust mir leid!« Damit reichte er ihm ein Blechtöpfchen mit Erbsensuppe, ein Stück Brot und ein Scheibchen Speck und plauderte weiter, während Heinrich gierig das Hingehaltene verzehrte. »Sei doch zufrieden, Kleiner, und find dich ab. Du wirst sehen, es ist ganz hübsch bei uns. Auch der Alte ist nicht so schlimm, nur muß man lustig sein und tun, was er will. Komm doch mit 'rauf, oben ist es schön. Bald wirst du die Heimat vergessen und ein lustiger Musikant werden.« »Aber es ist ja lauter Wasser dort oben«, schluchzte Heinrich, »und wir fahren ja immer weiter von der Welt weg!« »Du kleines Dummerchen, wenn das Wasser alle ist, fängt die Welt wieder an. Wir kommen in ein schönes Land, das heißt Amerika. Dort gibt es alles! Und fettere Bissen als daheim! So, jetzt ist der Suppentopf leer, nun mach dich auf und komm.«

Oben ging es lustig zu. Der Wind hatte aufgehört, das Schiff schaukelte nur noch wenig, und die Segel glänzten im Sonnenschein. Wer könnte traurig sein bei schönem Wetter auf dem Meer? Die klare, saubere Luft, der blaue Himmel, das silberglänzende Wasser und der rasche Lauf des Schiffes durch die leicht plätschernden Wellen: Dies alles belebt das Gemüt so, daß Hoffnung und Freudigkeit bald in jedes Herz einziehen. Freundlich trat der Italiener dem Jungen entgegen, als wäre nichts geschehen: »Nun, Paolo, ausgeschlafen? Beppo schon lange nach dir schauen.« Wirklich begrüßte das Äffchen seinen kleinen Herrn mit lebhaften Freudenbezeugungen. Und bald war eine Schar Kinder um Heinrich versammelt, denen er die Künste des Tierchens zeigen mußte. Nun brachten auch die anderen Jungen ihre Instrumente herbei, und bald hüpfte und tanzte alles nach der munteren Musik, so gut es auf dem engen Raum nur gehen wollte. Der Italiener mit seinen Kindern war von nun an der Mittelpunkt der Reisegesellschaft, und bald war Paolo der Beliebteste unter ihnen.

Manchmal dachte er wohl daran, wie traurig Berta sein würde, wenn er nie wieder käme. Aber er versuchte, die Traurigkeit immer wieder schnell abzuschütteln. Spaß und Unterhaltung und gutes Essen und Trinken waren ihm von jeher über alles gegangen, und das war hier ja reichlich zu finden. Die Erbsen und Bohnen und die grobe Grütze, die für die Reisenden im Zwischendeck gekocht wurden, waren freilich nicht immer appetitlich, aber darauf war Heinrich nicht angewiesen. Er konnte sehr nett und manierlich sein, wenn er wollte. Und bald hatten die vornehmen Leute in den Kajüten von ihm gehört und verlangten das Äffchen zu sehen. Täglich wurde er herübergeholt, um den zierlich gekleideten Kindern auf dem Vorderdeck die Zeit zu vertreiben. Immer neue Künste lehrte er seinen Beppo und bekam dafür die Taschen so voll Kuchen, Obst und allerhand Naschwerk, daß er Pedro noch davon abgeben konnte. Solch ein Leben gefiel dem Heinrich, und von Tag zu Tag dachte er weniger an die Heimat.

Die Auswanderer

Wenige Wochen, nachdem Berta die Nachricht vom vermeintlichen Tode des Bruders erhalten hatte, verließ sie die Wohnung der Patentante und zog wieder ins Elternhaus. Als ein blühendes, frisches Röschen hatte sie es an jenem Sommernachmittag verlassen, als zarte, schlanke, weiße Lilie kehrte sie zurück. Sie war sehr gewachsen während der langen Krankheit, und der tiefe, geduldig getragene Schmerz um den Tod des Bruders gab ihrem Gesicht einen viel älteren Ausdruck. Ach, sie wollte so gern Wort halten und sich in Gottes Willen fügen, aber es war gar so schwer, ohne ihren Heinrich zu leben. Solange sie bei Röslers war, kam es ihr oft vor, als ob sie ihn ganz nahe bei sich hätte; denn die guten Leute verstanden, das traurige Kind richtig zu behandeln. Wenn der Pate bei der Arbeit ein schönes Lied anstimmte von der Herrlichkeit im Himmel, oder wenn seine Frau dem kleinen Mädchen die alte Bilderbibel in den Schoß legte, damit sie ihr daraus vorlesen konnte, während sie eifrig nähte, dann trocknete es seine Tränen, und das freundliche Zimmer erschien ihm wie ein Vorhof des seligen Ortes, wo der Bruder wohnte. Wohl war die Tante in großer Sorge, ob der arme Junge nicht mit gestohlenem Geld in der Tasche in bösem, trotzigem Sinn die Heimat verlassen und vom Tode überrascht worden sei. Aber sie hütete sich wohl, Berta etwas davon merken zu lassen. Die hatte ja alle Unarten des Bruders längst vergessen und dachte nur noch an die letzte Zeit, wo er so freundlich mit ihr gespielt und so schön Sprüche und Lieder gelernt hatte an ihrem Krankenbett. Sie meinte, er sei noch vor der Schule weggegangen, um die letzten Waldblumen für sie zu suchen und dabei in das reißende Flüßchen gefallen, das nicht allzu fern von der Stadt vorüberfloß.

Aber die Eltern wollten ihr Töchterchen wiederhaben. Denn sie waren auch sehr betrübt, daß sie ihren einzigen Sohn verloren hatten, gerade jetzt, wo sie anfingen, Freude an ihm zu haben. Auch Berta war ganz bereit, die starke Liebe, die sie zu dem Bruder gehabt hatte, nun desto mehr den Eltern zuzuwenden. Und doch fühlte sie sich zu Hause einsamer und trauriger als je zuvor, ohne recht zu wissen, warum. Die Eltern bemühten sich, ihr Freude zu machen. Der Vater brachte ihr Äpfel und Weißbrot mit, wenn er von der Arbeit kam, die Mutter stellte einen blühenden Rosenstrauß an das Fenster, wo der Stuhl des Kindes stand, und Agnes suchte die alte Puppe hervor und kleidete sie zierlich. Berta wollte gern dankbar sein für all diese Liebe, aber die Äpfel schmeckten ihr nicht, weil sie sie nicht mit Heinrich teilen konnte, und die Puppe legte sie bald wieder ins Schränkchen, denn die Lust am Spielen war vorbei, gestorben mit dem Bruder. Nur die Rosen betrachtete sie immer und immer wieder. Und einmal sah die Mutter, daß große Tränen auf die duftenden Blumen fielen.

»Warum weinst du denn über die Blumen, mein Kind?« fragte sie. »Weil ich sie so gern auf's Grab von Heiner pflanzen möchte, und es ist doch so weit weg.« »Vielleicht ist es gut, daß es weit ist«, meinte die Mutter, sich die Augen wischend, »wir vergessen so unser Leid eher, als wenn wir immer hingehen könnten.« »Vergessen! O Mutter, wie könnte ich denn meinen Heinrich vergessen? Ich denke immer und immer an ihn und freue mich so, wenn ich zu ihm in den Himmel komme.« »Kind, sprich doch nicht so! Was soll ich anfangen, wenn du auch noch von mir gehst?« »Dann kommst du ja auch bald nach, Mutti, und dann sind wir alle zusammen.«

Einfach und treuherzig hatte Berta diese Worte gesprochen und war ganz erschrocken, als die Mutter ihre Arbeit wegwarf, das Gesicht in beide Hände verbarg und laut weinte und schluchzte. Schnell sprang das Kind auf und umarmte die Weinende. »O Mutter, sei doch nicht so sehr traurig! Ist es wegen Heinrich?« »Nein, nein, laß mich weinen. Es hat lange in mir gesteckt, es muß heraus. Es geht um mich selbst.« »Was fehlt dir denn? Bist du krank?« »Ja, krank, krank an der Seele. Ach, liebes Kind, verstehst du nicht, was ich meine? Ich fühle es schon längst, ich bin nicht auf dem Weg zum Himmel. Habe ja immer nur gearbeitet und gesorgt für Essen und Trinken und Kleider und gar nicht nach Gott gefragt. Aber nun soll es anders werden. Das hab ich dir zu verdanken, mein Kind!« »Mir, Mutter?« fragte Berta erstaunt. »Wie kann das sein?« »Denkst du, ich weiß nicht, was dich so sanft und still, so freundlich und gehorsam macht? Denkst du, ich hab' nicht gemerkt, was dir Kraft und Geduld gegeben hat in dem langen, schweren Leiden und dich bereit gemacht hat zu sterben, während andere vor dem Tod zittern? Wie oft habe ich draußen gestanden und die Pate mit dir beten hören, wenn die Schmerzen und die Angst so groß waren. Da hat Gott an meine Herzenstür geklopft. Ich dachte aber immer, ich hätte keine Zeit, ihm aufzutun. Seit aber Heinrich tot ist und ich auch dich so welk und traurig sehe, läßt es mir keine Ruhe mehr. Ich will nicht mehr nur für die Erde leben, sie ist so arm und leer. Ich will auch selig werden und Ruhe suchen für meine Seele.« »O Mutter, meinst du, daß du mit mir beten und singen willst wie die Patentante und daß ich dir vorlesen darf, wenn du nähst und flickst? Willst du auch mit mir zur Kirche gehen, wenn ich wieder stark genug bin?« »Ja, mein Kind, das will ich. Und du sollst mir alles erzählen, was du von Gott und unserem Heiland weißt.« »Ach, ich bin viel zu dumm und klein, aber die Pate kann es. Wie wird sie sich freuen! Und in der Bibel steht alles geschrieben, oben im Schrank liegt ja eine. O, Mutti, du machst mich so glücklich! Nun will ich gern bei dir bleiben und dich so liebhaben, so lieb wie - ich meinen Heinrich hatte.« In fester Umarmung hielten sich Mutter und Kind umschlungen. Von diesem Tag an waren sie erst richtig durch das Band der innigsten Liebe verbunden. Die

Mutter war eine starke, entschlossene Frau; was sie einmal beschlossen hatte, damit war es ihr Ernst.

Der Vater war verwundert, wenn er Frau und Kinder abends fromme Lieder singen oder in der Bibel lesen hörte. Er schüttelte den Kopf, wenn am Sonntag früh alle schmuck und fertig waren, um die Kirche nicht zu versäumen. Da aber alle Arbeit ebenso gut, ja besser und zuverlässiger gemacht wurde als früher, ließ er es gern geschehen. Er meinte, das wäre eben die Art, wie sich Frauen und Kinder trösteten, wenn jemand gestorben sei. Er selbst hatte freilich keine Zeit dazu, denn die meisten Männer des Städtchens waren damals in großer Aufregung. In den beiden Fabriken, wo die Mehrheit der Einwohner Beschäftigung und Brot fand, gingen die Geschäfte immer schlechter. Schon waren viele Arbeiter entlassen worden, die anderen aber wurden täglich unzufriedener und verlangten höheren Lohn. Statt nun in dieser bedrängten Lage desto häuslicher und sparsamer zu leben, besprach man alle diese Angelegenheiten im Wirtshaus, als ob mit Reden und Biertrinken etwas gebessert werden könne. Auch war seit kurzem ein Mann im Städtchen, der viel von fremden Ländern zu erzählen wußte, wo er selbst gewesen war oder doch gewesen zu sein vorgab. Der saß allabendlich am Wirtshaustisch und rühmte, wie man dort drüben in Amerika in Hülle und Fülle leben und ohne Mühe reich werden könne. »Ihr seid Narren«, pflegte er zu sagen, »daß ihr euch für so wenig Geld plagt. Drüben verdient ihr das Zehnfache bei leichterer Arbeit und könnt euch gute Tage machen.« Die Vernünftigen wandten sich bald von ihm ab, denn sie wußten, daß man in keinem Land der Welt ohne Anstrengung zu ehrlichem Wohlstand kommt. Aber es gab doch genug Einfältige, die seinen Reden lauschten. Zu ihnen gehörte leider auch Bertas Vater. Er war bisher ein ordentlicher, fleißiger Mann gewesen, aber stets etwas langsam und bequem. Da erschien es ihm doch recht verlockend, auch einmal ohne anstrengende Arbeit in Fülle zu leben. Auch hatte er in seiner Jugend wenig gelernt und war daher leichtgläubig und schnell zu beeindrucken. Dazu kam, daß ihm der Verlust seines Jungen mehr zu Herzen ging, als er sich anmerken ließ und er sich nach einer Veränderung sehnte, um sein Leid zu vergessen. Dennoch wäre er wohl schwerlich zu einer Entscheidung gekommen ohne besonderen Anlaß. Und dieser ließ nicht lange auf sich warten.

Es war in einer dunklen, kalten Nacht gegen Ende des Winters. Alles schlief im Städtchen. Da tönte auf einmal vom Turm der dumpfe Klang der Feuerglocke. Schnell wurde es lebendig in den Häusern, Fenster und Türen wurden aufgerissen, und jeder fragte erschrocken, wo es brennt. Man brauchte nicht lange zu fragen. Schon stiegen die hellen Flammen auf aus dem Dach der großen Spinnerei auf dem Hügel. Schnell waren die Spritzen zur Hand. Aber hier war Menschenhilfe vergebens. An allen Seiten brannte das Gebäude. Schon brach das alte, baufällige Dach zusammen. Und nun flogen Hunderte Garnsträhnen, die darunter aufgehäuft waren, wie Feuergarben in die Luft und drohten die Dächer der umliegenden Häuser zu entzünden. An der Ecke stieg eine weißglühende Feuersäule empor, ein Zeichen dafür, daß die Flammen die großen Ölfässer erreicht hatten. In wenigen Stunden standen nur noch die Grundmauern des Gebäudes. Das Morgenlicht fiel durch die ausgebrannten Fensterhöhlen auf ein wildes Gewirr von halb geschmolzenen Eisenstangen, Rädern und Rollen,

die einzigen Überreste der großen Maschinen, die gestern noch voll in Betrieb waren.

Wie das Feuer entstanden war, hat nie jemand erfahren. Einige sagten, die Maschinen seien alt und unmodern gewesen, so daß sie den Anforderungen der Zeit nicht mehr genügten, darum hätten die Besitzer sie mit Absicht zerstört. Andere meinten, unzufriedene Arbeiter seien die Brandstifter gewesen. Nur eines war gewiß: Über hundert Menschen waren arbeits- und brotlos, unter ihnen auch Vater Burkhardt und seine Tochter Agnes.

Nun begann eine schwere Zeit im Städtchen. Einige der arbeitslosen Männer machten sich schnell entschlossen auf, um in einer nahe gelegenen großen Stadt Beschäftigung zu suchen. Andere dagegen verbrachten ihre Zeit mit müßigem Murren und Klagen und erbitterten Reden gegen die wenigen Wohlhabenden im Ort. Auch Bertas Vater saß oft den ganzen Tag rauchend und die Zeitung lesend oder schlafend auf dem alten Sofa und wurde erst abends lebendig, wenn es Zeit war, die Reden des Prahlers im Wirtshaus anzuhören. Wohl versuchte der gute Schuhmacher Rösler, der zugleich Stadtrat war, ihm Arbeit zu verschaffen mit Holzhacken, Schneeschaufeln und dergleichen, aber dazu hatte Vater Burkhardt keine Lust. Er hatte sein Lebtag nur in der Fabrik gearbeitet und meinte, sich an nichts anderes mehr gewöhnen zu können.

Während nun andere Frauen klagten und jammerten oder gar Streit und Zank anfingen, zeigte Frau Burkhardt jetzt richtig, daß es ihr Ernst war, auf Gottes Wegen zu gehen. Freundlich und geduldig ertrug die sonst so unruhige Frau das müßige Umhersitzen und das unzufriedene Wesen des Mannes, während sie selbst alle Kräfte anstrengte, um der Familie das Brot zu verdienen. Sie wusch und scheuerte, nähte und flickte für Geld. Und als die ersten Frühlingstage kamen, wanderte sie oft im Morgengrauen mit Agnes hinaus ins Dorf, um bei ihren Verwandten die schwere Feld- und Gartenarbeit für Tageslohn zu leisten. Berta besorgte indes den kleinen Haushalt und fand gerade in dieser schweren Zeit ein wenig von ihrer kindlichen Fröhlichkeit wieder. Es tat ihr wohl, daß sie wieder etwas zu tun hatte, wodurch sie den Eltern ihre Liebe zeigen konnte. Mutter und Schwester freuten sich schon den ganzen Weg auf das liebe, freundliche Gesicht, das aus dem Fenster nach ihnen Ausschau hielt. Um die Zukunft sorgten sie sich nicht, denn sie wußten, daß ein Vater im Himmel wohnt, der die Vögel nährt und die Lilien kleidet und keines seiner Kinder vergißt.

Desto trüberen Gedanken gab sich der Vater hin. »Wir werden noch alle ins Armenhaus müssen«, pflegte er zu sagen. »Es ist eine verkehrte Welt. Manche haben alles und die anderen nichts. So kann es nicht weitergehen, es muß anders werden.« »Ja, lieber Mann!« entgegnete die Frau. »Es soll ja wieder eine neue Fabrik gebaut werden, größer und praktischer als die alte. Da findest du bestimmt eine gute Arbeit, und alles kommt wieder zurecht.« »So? Meinst du? Mein ganzes Leben soll nichts sein als eine einzige Plagerei? Ich hab's satt und will's auch einmal gut haben. Und ihr sollt's auch besser haben, laßt mich nur sorgen.«

Schon oft hatte er so gesprochen, ohne daß irgendetwas darauf geschah. Eines Sonnabends aber kam er ganz aufgeregt nach Hause. »Nun ist es entschieden!« rief er, ganz gegen seine Gewohnheit mit der Hand auf den Tisch schlagend. »Wir gehen nach Amerika.« »Vater!« riefen die drei wie aus einem Munde. »Was fällt dir ein?« »Es ist mein Ernst, es ist alles abgemacht. Wir sind es nicht allein, noch etwa zwanzig Familien aus dem Städtchen gehen mit. Der fremde Herr besorgt uns alles. Wir brauchen uns um nichts zu kümmern, nur unsere Sachen einzupacken. Arbeit hat er uns auch schon besorgt in der großen Stadt Chicago. Dreimal mehr Lohn gibt es da, und der Arbeiter ist genauso angesehen wie der Herr. In vier Wochen geht's fort ins gelobte Land.« »Aber, lieber Mann«, fiel die Mutter ein, »bedenke doch, wir sind nicht mehr jung, und...« »Gerade deswegen wird's Zeit, daß wir vorankommen und uns ein bequemes Alter schaffen. Hier könnten wir uns quälen bis ins Grab.« »Ach, Vater«, rief Berta, »ich wollte doch nächsten Montag wieder in die Schule, da kann ich doch nicht nach Amerika!« »Denkst wohl, drüben gibt es keine Schulen? Prachtvolle Paläste sind es mit großen Spielplätzen. Und es kostet nichts, ganz umsonst gehn die Kinder hinein und werden ganz gescheit.« »Und den Garten wollten wir dieses Jahr schönmachen«, klagte Agnes. »Berta und ich hatten uns schon so darauf gefreut.« »Ihr sollt drüben einen Garten haben mit Rosen und Lilien, und die Äpfel und Birnen sollen euch in den Mund wachsen, so süß wie Zukker und so groß wie Kinderköpfe.«

Ja, der Vater war zum ersten Mal in seinem Leben ganz begeistert und glaubte dem Mann im Wirtshaus aufs Wort. Wohl warnte der gute Schuhmacher, der viel gelernt und gelesen hatte und die Verhältnisse gut kannte. Er sagte, daß ältere und noch dazu langsame Leute besser daran täten, daheimzubleiben; denn drüben ginge alles schnell und straff, und für den hohen Lohn würde auch doppelte Arbeit verlangt. Aber es half alles nichts, und der fremde Herr hatte es sehr eilig, die Schiffskarten zu besorgen, so daß kein Rückzug mehr möglich war. Frau Burkhardt hatte lange versucht, mit liebevollem Zureden und freundlichem Bitten ihren Mann von seinem Vorhaben abzubringen. Als sie aber sah, daß er fest entschlossen war, erbat sie sich von Gott Mut, Kraft und Geduld und traf mit Eifer und Umsicht die Vorbereitungen zur Reise.

Zwar zogen die beiden verheirateten Töchter und ihre Männer mit übers Meer, aber von allen anderen Verwandten mußten sie sich trennen und, was am schwersten war, auch von Röslers. Das Häuschen, in dem sie so viele frohe und traurige Tage verlebt hatten, wurde verkauft, Kleider, Wäsche und der wenige Hausrat in zwei Kisten verpackt und die lieben alten Möbel fortgeschafft zur Versteigerung, von wo sie überall hin zerstreut wurden. Es waren keine kostbaren Stücke, und doch vergoß die Mutter bittere Tränen, als der wacklige runde Tisch und das bunte Sofa, das noch von der Hochzeit ihrer Eltern stammte, hinausgetragen wurden. Und wie schwer war es Berta, sich von dem kleinen Tischchen zu trennen, an dem sie einst mit Heinrich gespielt hatte! Sein Ball und sein Kreisel und die Tasse mit seinem Namen wurden sorgfältig eingepackt, damit man auch im fernen Lande ein Andenken an den Bruder habe. Bei diesen Dingen lag das Bild des verlorenen Onkels, das Heinrich immer als sein Eigentum angesehen hatte. Wehmütig betrachtete es die Mutter, als sie es in die Kiste legte. »Du kannst froh sein, Berta«, sagte sie zu ihrem Kinde, »daß du mit gutem Gewissen an deinen Bruder denken kannst, denn du hast ihm nichts als Liebe gezeigt. Wenn ich freundlicher und geduldiger mit meinem Bruder gewesen wäre, hätte er vielleicht Vertrauen zu mir gefaßt und wenigstens einmal an mich geschrieben. Die Leute sagten damals, er sei nach Amerika gegangen. O, wenn ich wüßte, wo er ist, wie schön wäre das. Wir könnten dann wiedergutmachen, was wir einander angetan haben. Und wir wären nicht so verlassen im fremden Lande.« »Vielleicht finden wir ihn, wenn wir übers große Wasser kommen«, meinte Berta. »Wohl schwerlich, Kind!« sagte die Mutter. »Es soll ein großes Land sein mit vielen Städten. Da weiß nicht jeder, den man fragt, wo Heinrich Körner ist.«

Berta war in dieser schweren Zeit munterer und freudiger, als die Mutter gedacht hatte. Es war eben ihre Art, sich selbst zu vergessen und für andere zu leben. Und dazu gab es in der allgemeinen Aufregung Gelegenheit genug.

Endlich kam der letzte Tag vor der Abreise. Das Häuschen war ganz ausgeräumt, die Kisten fortgeschafft, und die Mutter stand mit den beiden Mädchen im Garten, wo die Veilchen dufteten und Aurikel und Narzissen in der Frühlingssonne schimmerten. Agnes hatte das Gesicht in den Händen verborgen und weinte bitterlich. Die Mutter blickte auch recht betrübt auf die sichere, trauliche Heimstatt, die sie nun für immer verlassen mußten. Berta aber sah auf zum blauen Himmel und tröstete die beiden mit lieben Worten. »O, wenn mein Heinrich nur noch lebte«, schloß sie, »wie würde er sich freuen! Er wollte ja immer so

gern in die weite Welt. Diese Nacht habe ich so lebhaft von ihm geträumt. Er stand drüben über dem großen Wasser und winkte mir immer und rief und lachte mir zu. Nun denk ich, es wird schön sein im neuen Land. Der Himmel ist ja überall, da ist mir auch mein Heinrich überall nahe.«
»Und Gott ist uns nahe«, sagte die Mutter, ihre Tränen trocknend, »das ist das beste. Wenn wir nur einen Ort finden, wo wir sein Wort hören können, so will ich gern mit allem zufrieden sein.«

Die letzte Nacht schliefen sie noch bei Röslers. Am frühen Morgen verließ die ganze Schar der Auswanderer das Städtchen, um teils zu Fuß, teils mit dem Wagen die entfernte Bahnstation zu erreichen. Freunde und Verwandte begleiteten die Reisenden. Auch Röslers hatten ein Wägelchen gemietet, auf dem sie mit Berta und der Mutter saßen, während Agnes mit dem Vater wanderte. Jetzt, wo es nichts mehr zu tun gab, fühlte Berta erst, was Scheiden heißt. Sie lehnte ihr Köpfchen an die Brust der treuen Patentante und weinte. Der wollte das Herz auch fast brechen, so weh tat es ihr, das Kind von sich zu lassen. Aber sie war stark und in Gottes Willen ergeben und sprach tröstlich zu ihr: »Weine nicht so, meine Berta. Du hast ja deine Eltern, denen mach nur rechte Freude. Ich kann dich ruhig ziehen lassen, denn die Mutter führt dich auf dem richtigen Weg, der in den Himmel führt, wo wir einmal ewig beisammen sind.« »Ja, wenn wir einmal dahinkommen«, sagte die Mutter, »so haben wir auch euch zu danken. Ihr habt das Kind von klein auf im rechten Glauben erzogen, ich hätte es verwildern lassen. Und mir sind doch auch die Augen aufgegangen durch Gottes Wort, zu dem ihr mich gebracht habt. Gott lohne es euch in der Ewigkeit, was ihr an uns getan habt!« »Ach, wenn doch der Wagen nicht so schnell fahren würde, wenn ich nur noch ein Stündchen bei der Pate bleiben könnte«, dachte Berta. Aber es half nichts, da stand der Eisenbahnzug, und die anderen waren schon versammelt.

Nun ging es ans Scheiden. Beim letzten Abschiedskuß hängte die Pate dem Kinde noch ein schönes silbernes Kreuzchen um. »Zum Ersatz für das verlorene«, sagte sie, »und zur Erinnerung an alles, was du bei mir gelernt hast vom ersten Gebet an.«

In dieser Stunde wäre wohl mancher gern wieder umgekehrt und in der lieben alten Heimat geblieben; aber nun war es zu spät. Ein Pfiff und ein Läuten der Lokomotive, und fort ging es von den bekannten Wäldern und Feldern über das rauschende Flüßchen durch die Bergkette, die das Heimattal einschloß, fort auf Nimmerwiedersehen!

Berta hätte wohl noch lange geweint, wenn das Kind der Schwester Emma nicht so schrecklich geschrien hätte. Das wurde bei niemandem so schnell still wie bei der kleinen Tante. So nahm sie es auf den Arm, trocknete ihre Tränen, brachte es bald zur Ruhe und sang ihm mit leiser Stimme ein Schlummerliedchen.

In Chicago

Der wunderschöne Monat Mai war gekommen. Die ganze Welt glänzte in Frühlingspracht. Holunder und Tulpen blühten in den Gärten, die Tannenwälder verbreiteten würzigen Duft und die Vögel sangen und bauten ihre Nester. Von dem allen aber merkte Berta nichts, denn sie wohnte seit einigen Tagen mit ihren Eltern mitten in der großen Stadt Chicago; nicht etwa am großen See, wo die Luft so stärkend und erquickend ist und wo man die weißen Segel der Schiffe wie Schwäne über die glänzende Flut gleiten sieht oder in einer der schönen Vorstädte, wo die Häuser mit prächtigen Gärten umgeben sind, in denen Springbrunnen plätschern und die herrlichsten Blumen blühen; nicht einmal da, wo zwei Reihen dick bestaubter Bäume an der Straße stehen und die Kinder wenigstens ein Grasplätzchen hinter dem Hause haben, wo sie spielen und sich ein kleines Beet machen können. Nein, Burkhardts wohnten da, wo die Häuser dicht gedrängt stehen an der schmutzigen Straße und angefüllt sind mit Menschen, die

von früh bis abends nur treiben und jagen, schaffen und arbeiten, um ihr Brot zu verdienen, wo dichter Rauch aus niedrigen Schornsteinen steigt und das Himmelsblau verbirgt, wo fast Tag und Nacht Wagen rasseln, Maschinen klappern und Hämmer pochen, wo man kaum weiß, was Ruhe und Stille ist.

In der großen Fabrik, in der man ihm eine Arbeit versprochen hatte, war Vater Burkhardt gar nicht angenommen worden. Es hieß, er sei zu alt, man könne nur junge Leute gebrauchen. Er hatte gemeint, noch in den besten Jahren zu stehen; aber in diesem Lande, wo nichts schnell genug gehen konnte, gehörte ein Mann von fünfzig Jahren schon zu den Alten. Nach vielem Umherlaufen und Fragen hatte er endlich Arbeit gefunden in einem Eisenwarengeschäft. Es waren fast nur Handlangerdienste, die er verrichten mußte, und sie wurden ihm reichlich sauer. Dennoch war der Lohn bedeutend höher als in der Heimat und reichte aus, die kleine Familie zu erhalten. Auch hatte Vater Burkhardt die Hoffnung, man werde bald sehen, daß er doch noch ein ganzer Kerl sei und ihm zu einer besseren Stelle verhelfen. Dann wollte er eine andere Wohnung in einer ruhigeren Straße suchen.

Das große Haus, in dem er jetzt für teures Geld Stube und Küche gemietet hatte, steckte voll wie ein Wespennest. Auf der Hinterseite führten in einem engen Hof offene hölzerne Treppen von einem Stockwerk zum anderen und mündeten auf wackligen Galerien, von denen jede Familie einen Teil beanspruchte. Dort wurde in der warmen Jahreszeit fast alle Hausarbeit verrichtet, weil man da doch eher ein frisches Lüftchen spürte als in den dumpfen Zimmern. Hier hatte ein Schuster seine Bank aufgestellt und hämmerte lustig drauf los, dort glühte ein Kohlenbecken mit aufgestellten Bügeleisen, in einer anderen Ecke wurde Geschirr gewaschen, Gemüse geputzt, Stiefel gewichst. Überall aber spielten, tobten und lärmten Kinder, vom großen Schuljungen, der auf dem Treppengeländer hinabrutschte, bis zum kleinen Halbjährigen, der im Hemdchen auf dem schmutzigen Boden herumkroch. »Das hab' ich mir anders gedacht!« brummte der Vater, als er am ersten Abend müde von der Arbeit kam; aber er hütete sich wohl, es laut zu sagen und war nur froh, daß seine Frau nicht klagte, sondern alles so gemütlich einrichtete wie nur möglich. Gern hätte er sich nun in dem neuen Schaukelstuhl (einem in Amerika ganz unentbehrlichen Möbel) auf die Galerie gesetzt, um seine Pfeife zu rauchen, wie er es von anderen Männern sah, denn das kam ihm vornehm vor und echt amerikanisch. Aber es war ihm verwehrt; denn die irische Wäscherin, die auf demselben Flur wohnte, spannte ihre Leinen bis ganz nahe an Burkhardts Tür und wehe dem, der die zweifelhaft gewaschenen Hemden und Taschentücher berührte, die daran hingen. Er wurde mit solch einer Flut von unverständlichen Schimpfworten überschüttet, daß er sich schleunigst zurückzog. Obgleich nun diese Frau immer mit Wasser und Seife zu tun hatte, sparte sie doch beides sehr an ihren Kindern. Denn diese kullerten mit von Schmutz unkenntlichen Gesichtern unter den Wäscheleinen herum, schrien, balgten sich und nahmen alles weg, was Burkhardts draußen stehenließen, ohne daß ihnen ihre Mutter Einhalt gebot. Nur von Zeit zu Zeit bekam sie Anfälle von Erziehungseifer und schlug ihre Kinder so unbarmherzig mit ihren nassen Händen, daß Berta das Jammergeschrei kaum ertragen konnte. Spät abends aber, wenn Burkhardts im ersten Schlaf lagen, war oft noch ein arges Poltern auf der Treppe und ein wildes Geschrei in der Nachbarküche zu hören, wenn der Mann der Wäscherin betrunken nach Hause kam und von ihr mit Vorwürfen empfangen wurde.

Während nun die Mutter eifrig bemüht war, den kleinen Haushalt so freundlich wie möglich einzurichten, fing Berta an, sich einsam und untätig zu fühlen. Sie war allein bei den Eltern, denn Agnes war in New York geblieben. Eine Frau, die auf demselben Schiff gereist war, hatte Gefallen an ihr gefunden und ihr eine Stelle in ihrem Hause angeboten. Die Eltern erlaubten ihr gern, sie anzunehmen, und nun wohnte sie auf einer schönen Insel im Hafen, wurde freundlich behandelt und konnte von ihrem reichlichen Lohn noch den Eltern etwas schicken.

Berta merkte wohl, daß sie seit ihrem Unfall manches verlernt hatte und war nun begierig, es nachzuholen und in die Schule zu gehen, von der der Vater gesprochen hatte. Ein freundliches Mädchen im Hause namens Nelly, das Deutsch verstand, bot ihr an, sie mitzunehmen. Die Mutter zog ihr das hübsche graue Kleid an, das sie zu Hause nur sonntags getragen hatte und setzte ihr den großen Strohhut auf, den die Pate noch vor der Abreise ganz neu aufgeputzt hatte. Berta war noch nicht weiter vom Hause weg gekommen als bis in den Laden an der Ecke, wo man fast alles kaufen konnte, was man im Haushalt brauchte. Nun aber führte sie Nelly sicher zwischen den Wagen und Menschen hindurch bis in eine breitere Straße, wo das Gewühl noch viel schlimmer war. »Es ist wohl Jahrmarkt?« fragte Berta. »Nein, was soll denn das sein?« »Oder brennt es irgendwo?« »Aber warum denn?« »Weil die Menschen alle so rennen und weil solches Gedränge ist.« »Das ist hier immer so. Du mußt auch rennen, sonst kommst du nicht mit fort. Du gehst aber auch schrecklich langsam. Horch, da läutet die Schulglocke, komm nur schnell!«

Sie bogen um eine Ecke, und da stand wirklich auf einem freien Platz ein prächtiges, großes Haus mit einem hübschen Türmchen, von dem herab eine helle Glocke läutete. Auf dem Platz aber waren eine Menge Kinder versammelt, und immer mehr eilten von allen Seiten herzu. Sie ordneten sich rasch in Zweierreihen und marschierten mit dem letzten Glockenschlag in die weit geöffneten Türen, auf einer Seite die Jungen, auf der anderen die Mädchen. Drinnen teilten sie sich in viele Klassen. Nelly nahm Berta mit in ihre Klasse, in ein großes, luftiges Zimmer mit kleinen Pulten für je zwei Kinder, die freilich schöner waren als die bekritzelten Bänke daheim. Aber wo war nur der Lehrer? Vorn an dem großen Pult saß ein junges Mädchen, kaum älter als Agnes, konnte das wohl die Lehrerin sein? Ja, wirklich.

Nelly führte Berta zu ihr. Diese gab ihr freundlich die Hand und hielt ihr ein englisches Buch hin, aus dem sie etwas lesen sollte. Berta aber wurde rot, schüttelte den Kopf und sagte »No«; das war das einzige Wort, das sie bis jetzt verstand. Da nahm die Lehrerin sie bei der Hand und führte sie in ein anderes Zimmer, wo ganz kleine Kinder saßen von sechs und sieben Jahren. Dort sollte sie erst die seltsame Sprache lesen lernen. In diesem Zimmer war auch so eine junge Lehrerin, und sie war freundlich zu Berta. Aber es war doch sehr unangenehm, vor der Wandtafel zu stehen und mit den kleinen ABC-Schützen die Buchstaben und Silben zu schreiben. Auch waren viele Kinder sehr böse, aßen Bonbons aus den Taschen, bewarfen sich mit Brotkugeln und schnitten Fratzen hinter dem Rükken des jungen Mädchens.

Das Schlimmste aber sollte noch kommen. Als die Pause begann, wartete Nelly an der Tür, um Berta mit hinaus in den großen Hof zu nehmen, wo die ganze Schar sich vergnügte. Einige freundliche Mädchen sprachen deutsch mit ihr und luden sie ein, mit über ein langes Seil zu springen, das zwei Kinder an den Enden hielten und langsam herumschwangen. Es war ein munteres Spiel. Berta freute sich, wieder einmal unter Kindern zu sein und hüpfte fröhlich mit. Aber da kamen zwei große Mädchen angeschlendert, die keine andere Unterhaltung suchten, als sich über irgendjemand lustig zu machen. Sie waren modisch herausgeputzt, wie Damen, und hielten sich für besonders vornehm. Als sie Berta erblickten, fing das Spotten an. Sie zeigten auf sie, kicherten untereinander, befühlten den Stoff ihres Kleides und lachten über den altmodischen Schnitt. Bald sammelten sich noch mehr Gleichgesinnte um sie, und nun wurde jedes Kleidungsstück des Kindes bekrittelt und belacht. Berta, die nie viel an solche Dinge dachte, merkte erst jetzt, daß ihr Rock länger, ihre Schürze nicht so zierlich und ihre Schuhe und Strümpfe gröber waren als die der anderen Mädchen. Sie wurde immer unruhiger und ängstlicher und war froh, als es Zeit war, wieder in die

Klasse zu gehen. Zu Mittag aber, als sie mit der alten Schultasche, auf die die gute Patentante ein Kätzchen gestickt hatte, auf die Straße trat, ging der Sturm von neuem los. Die bösen Mädchen warteten schon auf sie, einige ungezogene Jungen gesellten sich dazu und quälten das arme Kind auf dem ganzen Heimweg trotz Nellys entschiedener Abwehr.

Berta verstand die häßlichen Worte nicht, die sie ihr nachriefen: »Old woman«, »dutch girl«, »greenhorn«, »mother bunch« und andere Ungezogenheiten. Aber sie war zum erstenmal in ihrem Leben Gegenstand des Spottes, und das kränkte das, durch Krankheit und Kummer angegriffene Kind so sehr, daß es in Tränen aufgelöst nach Hause kam und die Mutter inständig bat, es nicht wieder in die Schule zu schicken. »Warte nur, Berta«, tröstete diese, »ich mache dir schnell ein hübsches kurzes Kleid und nette weiße Schürzen, dann werden sie nicht mehr über dich lachen.« »Dann werden sie was anderes Böses machen«, schluchzte Berta, »sie können gar nicht gut sein, denn sie beten nicht und lernen nichts vom lieben Gott. Ich hab' Nelly gefragt, sie sagt, sowas gehört nicht in die Schule. Und wenn ich hin muß, werd' ich vielleicht auch böse und vergesse alles, was ich gelernt habe.«

Die Mutter schwieg betrübt. Sollte es wirklich in der großen Stadt keine christlichen Schulen geben? Sie bat ihren Mann, sich danach zu erkundigen. Der aber wies sie kurz ab: »Das Kind muß sich eben abfinden. Hier ist ein freies Land, da sind natürlich auch die Kinder ungezogener. Und wenn sie ordentlich Englisch lernt, nützt ihr das mehr als all der fromme Kram zusammen.« Die Mutter aber nahm sich vor, selbst eine Fahrt in die Stadt zu wagen, um sich nach einer deutschen Kirche und Schule umzusehen, sobald sie sich nur etwas besser auskannte.

Während nun die Mutter das hübsche Kleid und die weißen Schürzen nähte, wurde die Schule während des ganzen Sommers geschlossen. Die Kinder aber trieben sich bis Mitte September auf den Straßen herum und machten mit Ball- und Kugelspielen, mit Springseilen und Puppenwagen die Fußwege vollends unbegehbar.

Berta aber saß betrübt mit ihrem Buch oder Strickzeug am Fenster und fühlte sich recht einsam. Die Kinder im Haus paßten nicht richtig zu ihr, sie waren zu wild und sprachen nur ungern deutsch. Sie wurde wieder stiller und bleicher, und die Mutter bemerkte mit Sorge, daß das Heimweh und die Sehnsucht nach dem Bruder sich in ihrem Herzen regten.

Da bemerkten sie eines Tages, daß die irische Wäscherin ihre Habseligkeiten zusammenpackte, ihre schmutzigen Kinder oberflächlich wusch und kämmte und ihnen rote Sonntagskleider anzog. Am Abend kam der betrunkene Mann mit einem Wagen angefahren, das alte Gerümpel wurde daraufgeladen, die Kinder dazugesetzt, und fort ging's, wer weiß, wohin. Einige Tage stand die Wohnung leer. Dann kam eine freundliche Frau mit Besen und Scheuerbürsten, um eine gründliche Reinigung vorzunehmen, und spät am Abend hörte man, wie allerhand Gerät die Treppe heraufgeschafft wurde als Zeichen dafür, daß neue Bewohner einzogen. Am anderen Morgen aber, als Frau Burkhardt die Tür öffnete, schallte statt des fortwährenden Kindergeschreis ein heller Gesang aus der Nachbarküche:

»Wach auf, mein Herz, und singe
dem Schöpfer aller Dinge,
dem Geber aller Güter,
dem frommen Menschenhüter.«

Das mußten Deutsche sein und brave Leute. Arm waren sie freilich, der Mann war ein Straßenarbeiter. Und wie die sechs pausbäckigen Kinder in der engen Wohnung Platz hatten, war eigentlich ein Rätsel. Aber die Mutter achtete auf Sauberkeit und Zucht, so daß sie den Nachbarn keine Last waren, sondern eine Lust. Gleich am ersten Abend saßen die beiden Ältesten, Hans und Gretchen, die in Bertas Alter waren, auf der obersten Treppenstufe und lernten eifrig aus einem deutschen Gesangbuch.

Die Freundschaft war bald geschlossen. Und am folgenden Sonntag wanderten Frau Burkhardt und Berta mit den neuen Nachbarn einen ziemlich weiten Weg durch die an diesem Tag ganz stillen Straßen, bis sie an eine Stelle kamen, die ihnen wie ein Stück Heimat im fremden Land erschien. Es war ein großer, mit Zäunen umgebener Platz, mit hohen, Schatten gebenden Bäumen bewachsen. Dort standen eine schöne Kirche und eine freundliche Schule. Da fanden sie nun alles wie zu Hause und kamen trotz des weiten Weges gern jeden Sonntag wieder, um sich zu stärken und zu erquicken. Berta aber ging mit Hans und Gretchen in die neue Schule. Und obgleich der Vater erst ein wenig brummte, daß er Schulgeld bezahlen müsse, wo man es doch ebensogut umsonst haben könne, beruhigte er sich bald, als er sah, daß sein Töchterchen wieder fröhlicher wurde und auch in der deutschen Schule schnell und ordentlich Englisch lernte.

Freilich dauerte es nur einige Wochen, dann begannen auch in dieser Schule lange Ferien. Denn der Sommer brach mit einer Sonnenglut herein, von der man in Deutschland wenig weiß. Ach, wenn man nur manchmal hinausgekonnt hätte aus den vielen, vielen Häusern, die in der Sonne wie Backöfen glühten, hinaus in den schattigen Wald oder an den kühlen See! Aber das war viel zu weit und hätte zuviel gekostet. Abends, wenn es zum Ersticken heiß war in der staubigen Straße, fuhren die Eltern wohl oft in einen Stadtpark, der mit der Straßenbahn leicht zu erreichen war. Da gab es ja schattige Bäume, schöne Rasenplätze und bunte Blumenbeete, ein Springbrunnen plätscherte, und Schwäne und Enten schwammen auf einem großen Teich. Aber auch da war es so voll Menschen, daß man auf den vielen, vielen Bänken nur schwer noch ein Plätzchen bekam. Und es war ein solches Geschwirr und Kindergeschrei, daß Berta ihren müden Kopf an die Mutter lehnte und wieder heim wollte. Der Vater konnte gar nicht begreifen, warum das Kind so matt und kraftlos war, da es doch an kräftiger Kost nicht fehlte. Man hatte hier in einer Woche mehr Fleisch auf dem

Tisch als daheim in einem Monat. Das köstlichste Obst wurde in großen Wagen durch die Stadt gefahren und so billig verkauft, daß sich jeder daran sattessen konnte. Dennoch meinte Berta, die kleinen grünen Birnen in Röslers Garten hätten besser geschmeckt, weil man sie selbst schütteln und aufsammeln konnte. Und selbst die Eltern sehnten sich manchmal nach einer Schüssel frischer Milch aus dem Stall der Tante und nach dem guten Schwarzbrot, das man hineinbrocken konnte.

In den heißen Nächten lag Berta stundenlang wach und sah zum tiefblauen Himmel, den man am Tage vor Rauch und Staubwolken kaum sehen konnte, der nachts aber von zahllosen Sternen flimmerte. Ja, der Himmel war das einzige, was noch so war wie daheim, und das müde Kind sehnte sich oft dorthin. Den Tag über bemühte sie sich, heiter und freundlich zu sein, um die Eltern nicht zu betrüben. Nachts aber wurde sie oft so von Heimweh und Sehnsucht nach dem Bruder überwältigt, für den sie so ganz gelebt hatte, daß ihr Kissen von heißen Tränen naß wurde.

Aber die Sommermonate gingen vorüber, und matt und schwach, wie sie war, machte sich Berta doch auf, wieder in die Schule zu gehen. Erquickende Regengüsse löschten den Staub in den Straßen, spülten die Häuser ab und ließen die Bäume im Schulhof, die fast weiß aussahen, noch einmal schön grün glänzen, ehe sie ihr buntes Herbstkleid anzogen. Selbst zwischen den hohen Häusern in der Stadt merkte man etwas von dem frischen Winde, der vom See her blies und neues Leben verbreitete.

An einem schönen Septembermorgen waren die Kinder fröhlich zur Schule gegangen. Um Mittag aber zogen sich schnell dunkle Wolken zusammen, und ehe man sich's versah, goß es in Strömen. Die Kinder hatten sich heiß gelaufen, um noch trocken nach Hause zu kommen. Hans und Gretchen schlüpften auch noch glücklich zur Tür herein, als die ersten Tropfen fielen. Berta aber konnte nicht so schnell mitkommen und wurde ganz durchnäßt. Die Mutter meinte, es habe nichts zu bedeuten. Wie oft waren sie daheim auf dem Felde oder beim Beerensuchen naß geworden. Aber am Abend fingen die Wangen des bleichen Kindes an zu glühen, die Augen glänzten seltsam, und bald schüttelten Fieberschauer den zarten Körper. Durch eine bittere Arznei, die die Nachbarsleute verschafften, wich zwar die Krankheit bald, aber nur, um nach einigen Tagen wiederzukommen, jedesmal mit verstärkter Gewalt. Selbst der Arzt, zu dem die besorgte Mutter das Kind brachte, konnte immer nur für wenige Wochen helfen.

Als der Winter kam, wich zwar das Fieber, aber ein böser, leiser Husten stellte sich ein. Schauernd saß das kleine Mädchen am Ofen, wenn die anderen auf der Rutschbahn im Hofe lachten und jauchzten. Bis Weihnachten war sie immer noch in die Schule gegangen, hatte zum Christfest die schönen Lieder in der hellerleuchteten Kirche mitgesungen und mit strahlenden Augen zu dem herrlichen Christbaum aufgesehen, der vor dem Altar stand. Dann aber wehten die Winde so eisig, und die Zugluft in den Straßen war so scharf, daß es ihrer Brust weh tat und sie still und geduldig daheim bei der Mutter bleiben mußte. Diese grämte sich, ihren Liebling so dahinwelken zu sehen und doch nicht helfen zu können. Manch heißes Gebet um Rat und Hilfe sandte sie zu Gott und überlegte hin und her, ob es nicht möglich sei, die kleine Kranke in bessere Umgebung zu bringen, damit sie nicht noch einen Sommer in der dumpfen Straße zubringen müsse. Ach, es war ein trauriger Winter!

Auch der Vater kam täglich ermüdeter und unzufriedener von seiner Arbeit heim und klagte oft, man könne gar nicht genug schaffen, man müsse springen wie ein junger Bursche, um nur mithalten zu können und werde dabei noch schief angesehen.

Es war an einem Samstagabend im Februar. Stube und Küche waren blank gescheuert, das frische Brot und der Sonntagskuchen dufteten auf dem Tisch. Berta sah nach dem Vater aus, der wenigstens an diesem Tage heiter heimzukommen pflegte, weil er ja den reichlichen Wochenlohn mitbrachte. Diesmal aber schlich er ganz langsam an den Häusern hin, so daß er von den Vorübereilenden einen Stoß nach dem anderen bekam. Schwerfällig stieg er die Treppen hinauf, trat ohne Gruß in die Stube und setzte sich an den Tisch. Er legte den Kopf auf die Arme und sagte kein Wort. »Bist du krank, lieber Mann?« fragte die Mutter. Keine Antwort. »Vati, sag', was dir fehlt«, rief Berta ängstlich, »ich kann dich nicht so sehen. Hat dir jemand etwas getan?« Da sprang der arme Mann auf, warf das Geld auf den Tisch und rief außer sich: »Das ist das letzte. Wenn das verbraucht ist, können wir betteln gehen.« »Hat man dir die Arbeit gekündigt?« fragte die Mutter erschrocken. »Ja, gekündigt, und mit was für Worten! Der junge Bengel, der die Aufsicht hat, kam mir schon tagelang grob, nichts konnte ich ihm gut genug machen. Und heute sagte er, ich brauchte Montag nicht wieder zu kommen, ich sei zu alt und dabei doch zu grün, man brauche junge und wendige Leute. So ein Bursche von siebzehn Jahren kommt an meine Stelle.« »Verzag' doch nicht gleich, Richard! Du wirst schon woanders ankommen.« »Um wieder nach ein paar Wochen fortgejagt zu werden. O, wären wir doch daheim geblieben!« fuhr er fort, plötzlich in Tränen ausbrechend. »Ich seh's ja selbst ein, daß ich nicht hierher passe. Ich kann nicht so springen und die Augen überall haben. Langsam und stetig mach ich meine Arbeit, aber hier geht alles wie gejagt. Ach, sagt's nur, sagt's, ihr habt mich auch nicht mehr lieb, ich hab' euch ins Unglück gestürzt.« »Nicht du, Gott hat uns hierher gebracht. Ohne ihn fällt kein Sperling vom Dach, das hat mir Berta erst gestern vorgelesen.«

Berta war ganz bestürzt. Sie hatte den Vater nie anders gesehen als ruhig und gelassen, und nun weinte und schluchzte er wie ein Kind. »O, Vati, sei still! Wir brauchen nicht zu betteln, ich kann schon arbeiten. Die Negerfrau unten will rote Strümpfe für ihre Kinder gestrickt haben und die Schneiderin im ersten Stock gehäkelte Vorhangspitzen.« »Ach armes, armes Würmchen!« rief der Vater. »Sprichst von Arbeiten und bist selbst so matt und krank.

O, wären wir doch daheim geblieben! Da könntest du blühen wie ein Röschen.« Wehmütig schüttelte Berta den Kopf. »Seit mein Heinrich tot ist, nie mehr!« sagte sie leise.

Mit freundlichen Worten beruhigte Frau Burkhardt den aufgeregten Mann und versprach ihm, sich gleich übermorgen nach einem Verdienst mit Waschen und Nähen umzusehen, für ihn würde sich bestimmt auch bald etwas finden. Es vergingen jedoch Wochen, ohne daß sich etwas fand. Gutmütig übernahm er kleine Arbeiten in der Nachbarschaft, aber sie brachten nicht viel ein. Und die Mutter war noch zu wenig bewandert in der amerikanischen Art, um viel zu verdienen. Ohne Agnes' Hilfe hätten sie wirklich Not leiden müssen, zumal sich Bertas Fieber mit den ersten Frühlingstagen wieder einstellte und Arzt und Medikamente viel Geld kosteten.

Der Gang zum Doktor, den das Kind jede Woche machen mußte, wurde ihm recht schwer. Er war nicht so freundlich und vertrauenerweckend wie der alte Landarzt, der sie in ihrer langen Krankheit behandelt hatte, sondern ein vornehmer junger Herr, der es immer eilig hatte und das schüchterne Kind so kurz und ungeduldig ausfragte, daß es oft vor Ängstlichkeit nicht recht sagen konnte, wo es ihm fehlte. Die Mutter hätte ihr Mädchen gern begleitet, aber sie durfte ja nicht mehr so viel Zeit versäumen, seit sie Geld verdienen mußte. Das große Wartezimmer des Herrn Doktor war immer ganz voll Menschen, und es war schon seltsam, daß in dem Lande der Freiheit und Gleichheit die vornehmen Damen meist zuerst bedient wurden, die geringen Leute aber bis zuletzt warten mußten.

Eines Vormittags saß Berta noch als letzte in einer Ecke des großen Wartezimmers und schaute durchs Fenster hinaus auf die Straße. Ein Mädchen ging vorbei mit einem Korb voll kleiner Sträußchen von den ersten Frühlingsblumen, die sie zum Verkauf anbot. »Ach«, dachte Berta, »nun wird es draußen wieder schön grün, aber hier in der Stadt wird es nur glühend heiß und staubig. Ach, wären wir doch daheim! Da könnt' ich in den Wald gehen und auf all

meinen Lieblingsplätzen sitzen, wo ich mit Heinrich gespielt habe, und in der Stille an ihn denken.« Da kam ein freundlicher Herr mit einer Reisetasche eilig die Straße herauf. Das Blumenmädchen blieb bittend vor ihm stehen. Er griff in den Korb, nahm eine ganze Hand voll Sträußchen heraus und gab dem Mädchen ein Geldstück, mit dem es fröhlich davoneilte.

Im nächsten Augenblick öffnete sich die Tür des Wartezimmers und derselbe Herr trat ein. Eilig wollte er in das Zimmer des Doktors gehen. Da faßte sich Berta ein Herz und sagte: »Man darf nicht hinein, es ist noch jemand drin.« »So, so, daran hab ich gar nicht gedacht. Nun, so müssen wir warten. Da hab ich einen Haufen Blumen gekauft und weiß nicht, wohin damit. Magst du sie, Kleine?« Damit warf er die Sträußchen in Bertas Schoß. »O, die vielen schönen Blumen!« rief diese. »Da freu ich mich. Ich hab so lange keine gehabt.« Der Herr hatte sich unterdessen niedergesetzt und begegnete dem dankbaren Blick des Kindes. »Was fehlt dir denn, mein Kleines«, fragte er, »daß du hier sitzen mußt, statt munter in die Schule zu gehen?« »Ich habe das Fieber«, erwiderte Berta. »Gib mir mal deine Hand. Nur zu, ich bin auch ein Doktor! So, nun laß mich deinen Puls fühlen und deinen Kopf. Sieh mich einmal richtig an. Hm, hm, das Fieber! Was wird nicht alles so genannt. Was hast du denn eingenommen?« »Lauter ganz bitteres Zeug. Es hilft aber gar nichts mehr, und der Kopf tut mir danach so weh!« »Kannst du denn nachts gut schlafen?« »Ich könnte schon, wenn ich nicht immer so husten müßte und wenn ...« »Was ist denn? Sag es getrost, vor mir brauchst du dich nicht zu fürchten.« Nein, wirklich nicht. Berta hatte selten ein Gesicht gesehen, aus dem so viel Liebe und Freundlichkeit leuchteten. »Wenn es mir nur nicht immer so bang wäre nach dem Wald und Feld daheim und nach meinem Heinrich.« »Da haben wir's!« sagte der Herr zu sich selbst. »Dachte mir's gleich; so traurige Augen macht nicht allein das Fieber. Wo ist denn dein Heinrich?« setzte er laut hinzu. »Im Himmel.« »Dann ist er gut aufgehoben. Find dich am besten damit ab. Kommst zur richtigen Zeit auch hin.«

Er wollte weitersprechen, doch da öffnete sich die Tür zum Arztzimmer, und der Doktor geleitete die dicke reiche Dame, die ihm so lange ihre Leiden geklagt hatte, höflich hinaus bis an ihren Wagen. »Ach, da bist du ja noch!« sagte er ungeduldig zu Berta, als er ins Zimmer zurückkam. »Schnell! Die Sprechstunde ist längst vorüber.« Erst jetzt bemerkte er den fremden Mann, der in eine Fensternische getreten war. »Ah, lieber Onkel, willkommen in der Stadt!« »Guten Morgen, mein Junge!« entgegnete der andere in väterlichem Ton. »Mit dem Kind hier ist es ein besonderer Fall, meinst du nicht auch?« »Ein höchst langweiliger, uninteressanter Fall«, sagte der junge Arzt. »Das Mädchen hat schon eine Masse Arznei geschluckt, und es wird doch nicht besser. Es wird nicht viel werden; armer Leute Kind, schlechte Wohnung, keine frische Luft. Es wird wohl in Schwindsucht übergehen.« »Da mußt du eben dafür sorgen, daß es eine bessere Wohnung bekommt oder im Sommer aufs Land gebracht wird«, erwiderte der andere eifrig. »Das klingt wieder ganz nach dir, Onkel. Wie kann ich für alle meine Patienten sorgen?« »Nun, alle haben's ja nicht nötig, aber mit dem Kinde ist es etwas Besonderes. Sein Gesicht fiel mir gleich auf, als ich in's Zimmer trat. Man kann viel tun, wenn man nur will, und wenn man den Reichen ein bißchen Zeit abknapst und sie für die Armen verwendet.« »Aber die Reichen bringen das Geld!« »Ach so, das Geld! Das ist dir also die Hauptsache. Das wußte ich noch gar nicht. Nun, die Kleine interessiert mich. Ich werde sie besuchen und sehen, was sich tun läßt. Hier, Kind, schreib deine Adresse auf diesen Zettel, heute nachmittag werde ich mit deiner Mutter sprechen. Arznei brauchst du heute nicht mitzunehmen.« Nur die letzten Worte waren deutsch gesprochen, das Gespräch wurde sonst in englisch geführt, so daß Berta nur wenig davon verstand. Sie war ganz erstaunt, als der junge Doktor zuletzt ganz rot wurde und verlegen zu Boden blickte. Der ältere Herr aber flößte ihr solches Vertrauen ein, als ob sie ihn schon jahrelang kenne. Darum schrieb sie fröhlich ihre Adresse auf den Zettel, machte einen höflichen Knicks und eilte mit ihrer Schürze voll Blumen nach Hause. -

Es war schon Mitternacht vorüber, als der Eisenbahnzug in dem kleinen Landstädtchen hielt, wo der gute Doktor wohnte. Er war sehr müde, denn er hatte allerhand Geschäfte in der Stadt zu erledigen gehabt. Seine Reisetasche war voll und schwer, und im Arm trug er noch eine Menge Pakete. Es gab nämlich immer viele nötige Einkäufe, wenn er einmal nach Chicago kam. Dennoch war er vergnügt und trat seiner Frau, die als einzige noch wach war, gleich mit der Frage entgegen: »Was denkst du wohl, was ich in der Stadt gefunden habe?« »Ei, was wird's sein; etwa einen vollen Geldbeutel? Brauchen könnten wir ihn schon.« »Wozu denn? Wir haben ja genug.« »Oder ein Mittel gegen alle Krankheiten?« »Auch nicht, was ganz anderes. Ich habe einen Pächter gefunden für unsere kleine Farm.« »Einen Pächter in der Stadt, das ist aber seltsam.« »Nicht wahr? Und noch dazu einen, der meine Bedingungen glänzend fand und mir fast Hände und Füße geküßt hätte vor Dankbarkeit. Laß mich nur erzählen: In Theodors Sprechzimmer habe ich ein kleines Mädchen getroffen, bleich und elend mit traurigem Gesicht. Theodor hatte es mit Arznei vollgestopft, aber sich sonst natürlich um nichts gekümmert. Es war ja nur ein armes Kind. Ich bin in die Wohnung gegangen, so richtig im schmutzigsten und lautesten Teil der Stadt. Die Eltern sind ordentliche Leute, erst vor einem Jahr aus Deutschland gekommen, der Vater, seit einiger Zeit arbeitslos, ein echter, gemütlicher Kleinstädter, wie verraten und verkauft in Chicago, die Mutter eine Bauerntochter, bewandert in der Viehwirtschaft, Gemüsebau und dergleichen.« »Aber wie kommst du darauf, ihnen das Land anzubieten? Werden sie sich in die hiesige Art der Landwirtschaft finden?« »Wir geben ihnen einen tüchtigen Landarbeiter dazu, da wird es schon gehen. Die Frau ist sehr verständig und der Mann zu allem willig. Wenn es auch die ersten Jahre nicht viel einbringen wird, das schadet nichts. Du hättest nur sehen sollen, wie sie sich gefreut haben. Die Hauptsache ist, daß das Kind auf's Land kommt. Es ist sehr krank und würde in der Stadt verkümmern. Es grämt sich um seinen Zwillingsbruder, der vorletzten Herbst ertrunken ist. Wir wollen es nur recht oft zu unseren Kindern kommen lassen, damit es wieder fröhlich wird.« »Nun, wenn es so ist, bin ich zufrieden«, sagte die Frau. »Wann kommen denn die Leute?« »Je eher, desto besser. Der unzufriedene Pächter kann fortziehen, sobald er will.«

Paolo in New York

Wie aber ging es Heinrich in dieser langen Zeit? Wir haben zuletzt von ihm gehört, wie er auf dem Schiff in Lust und Scherz die Heimat vergaß. Ihm wäre es ganz recht gewesen, wenn die Seereise noch wochenlang gedauert hätte. Aber Pedro hatte recht gehabt; als das Wasser aufhörte, fing die Welt wieder an, und was für eine Welt! Heinrich hatte noch nicht viel Sinn für Naturschönheiten. Aber als das Schiff in den Hafen von New York einfuhr, vergaß er doch Essen und Trinken und Spielen, um sich recht satt zu sehen an dem großartigen Bild, das vor ihm lag. Ringsum war das Wasser belebt von den verschiedensten Schiffen. Große Dampfer glitten majestätisch vorüber, Segelschiffe in allen Größen schwankten auf den Wellen, kleine Boote schossen wie Pfeile hindurch, von kräftigen Rudern getrieben. Aus der Flut erhoben sich große Inseln mit Wäldern und Gärten, die im prächtigen, bunten Herbstschmuck standen, mit kleinen Städten und freundlichen Landhäusern, die so zierlich gebaut und weiß bemalt waren wie Kinderspielzeug. Aber lange konnte man sich nicht an diesem Anblick erfreuen. Bald fuhr das Schiff in die Docks, die hölzerne Brücke wurde niedergelassen, und der lange Zug der Auswanderer ging ans Land.

Noch nie hatte Heinrich eine solche Masse Menschen beisammen gesehen und ein solches Wagenrasseln und Pferdetrappeln gehört wie jetzt, als er an der Hand des Italieners durch die überfüllten Straßen ging, die den Hafen umgaben. Endlich stiegen sie alle zusammen eine schmale Treppe hinauf und traten in einen Eisenbahnzug, der auf dünnen hochgespannten eisernen Bögen durch die Straßen fuhr. Man sah aus dem Wagen in das zweite Stockwerk der Häuser und blickte tief hinunter auf das Gewühl von Fuhrwerken und Menschen. Heinrich war es, als führe er durch die Luft, ihm war schwindlig, und er schloß die Augen. Als er sie wieder öffnete, dachte er, nun würden sie wohl aus der Stadt ins Freie gekommen sein. Aber nein, nichts war zu sehen als Häuser, so weit auch das Auge schweifte. Bald stiegen sie aus in einer Straße, die lange nicht so sauber und freundlich war wie das Städtchen daheim, und traten in eine schmale Haustür, über der geschrieben stand: »Billiges Logierhaus«. Hoch oben unter dem Dach wurde ihnen eine Kammer angewiesen, in der zwei breite Betten mit alten, bunt zusammengestückelten Decken standen. Sogleich warf sich der Italiener auf eines derselben, schleuderte seine schmutzigen Stiefel von den Füßen und rief: »Hier, Paolo, wichs blank!« Heinrich hatte keine Idee, wie er diesen Befehl ausführen sollte und blieb unschlüssig stehen. »Ich sagen, wichs blank, Faulpelz dummer!« schrie der Mann, mit so drohender Gebärde aufspringend, daß Heinrich eilig mit den Stiefeln zur Tür hinauslief. Zum Glück traf er dort ein Zimmermädchen, das ihn in den Hof führte und ihm zeigte, wie er seinen Auftrag ausführen konnte. Da stand er nun und quälte sich lange Zeit und hätte es wohl gar nicht zustande gebracht, wenn nicht Pedro dazugekommen wäre und ihm geholfen hätte. Als er endlich dem gestrengen Herrn die blanken Stiefel brachte, zog dieser seinen Rock aus, zeigte auf die großen Messingknöpfe und sagte: »Putz!« Ungeschickt genug handhabte Heinrich das Lederläppchen, das der Mann aus dem Reisesack holte, und mehr als einmal setzte es derbe Hiebe, bis ihn der helle

Ton einer Glocke von seiner Qual erlöste. »Ich essen, du warten!« hieß es nun. Und der Mann lief eilig hinunter ins Gastzimmer, durch dessen geöffnete Tür Heinrich schon vorher den langen gedeckten Tisch gesehen hatte. Seit dem Frühstück auf dem Schiff hatte er nichts mehr gegessen und war entsetzlich hungrig. Es dauerte auch nicht allzu lange, da sprang Hanno die Treppe herauf und rief: »Jetzt kommen wir dran. Mach schnell, solange noch was da ist.«

Als die Jungen in das Gastzimmer traten, waren die Männer bereits aufgestanden und hatten sich rings um den Kamin gesetzt, in dem an dem kühlen Herbstabend ein Feuer brannte. Es waren alles Leute von der Art des Italieners, in abenteuerlicher Kleidung, von lebhaften Gebärden und lauten Worten. Behaglich rauchten sie ihre Pfeifen und tranken eine dampfende Flüssigkeit aus großen Gläsern. Auf dem Tisch aber, der nicht gerade sauber gedeckt war, standen die Reste der Mahlzeit: kalte Kartoffeln, angebissene Brotstücke, halb abgenagte Knochen, Wurstzipfel und Käsebrocken. Carlo, Hanno und mehrere fremde Jungen machten sich eifrig daran, die Schüsseln zu leeren, Fett und Butter von den Tellern zu kratzen und die Reste aus Kaffee- und Milchkannen auszutrinken. Heinrich aber wendete sich mit Ekel von dieser Mahlzeit ab, denn zu Hause war auch das einfachste Gericht sauber aufgetragen worden, und auf dem Schiff hatte wenigstens jeder sein eigenes Blechtöpfchen gehabt.

»Warum ißt du denn nicht?« fragte Hanno. »Ich warte, bis ein sauberer Teller kommt.« »Da kannst du lange warten; nur Pedro ist 'nen Teller wert, er kann drei Instrumente spielen. Ich schlag die Trommel und muß Schüsseln auskratzen, und du Affenträger verlangst einen Teller!« Mit angeekelter Miene suchte Heinrich das appetitlichste der umherliegenden Brotstücke aus und verzehrte es, vom Hunger getrieben, mit einer sauren Gurke, die zufällig noch niemand angebissen hatte.

Aber die Anwesenheit der Jungen wurde den Männern bald lästig. Deshalb befahlen sie den Kindern, sich hinaus in den Hof oder ins Bett zu verziehen. Heinrich zog das letztere vor, denn er war müde und kämpfte fortwährend mit dem Weinen. So wie heute durfte es nicht weitergehen, da wäre es freilich nicht schön in der weiten Welt. Aber vielleicht war es nur am ersten Tag so. Auf dem Schiff hatte er ja immer gehört, Amerika sei ein so schönes Land, wo jeder frei und in Hülle und Fülle lebe. Morgen werde bestimmt das lustige Leben wieder anfangen. So kroch er denn in eines der großen Betten und vergaß bald im Schlaf den schweren Tag.

Da gab es plötzlich einen lauten Krach, daß er aufwachte. Er war aus dem Bett gefallen und lag auf der harten Erde. Carlo und Hanno, die darin schliefen, hatten ihn über den Rand gedrängt. »Laßt mich ins Bett«, rief der schlaftrunkene Junge in weinerlichem Ton, »macht mir doch Platz; mich friert ja so!« Damit suchte er sich sein Recht wieder zu erobern, aber die Jungen rührten sich nicht, taten wenigstens so, als ob sie ganz fest schliefen. Ärgerlich trampelte Heinrich mit den bloßen Füßen, und sein ungeduldiges Geschrei weckte nur zu bald den Italiener, der mit Pedro im anderen Bett lag. »Bösewicht alberner!« schrie er zornig. »Du wohl halten Ruhe in Nacht schwarzer.« »Ich will ins Bett; sie haben mich 'rausgeschmissen.« »Ist so recht. Hund kleiner kann schlafen unterm Bett.« »Ich bin kein Hund, ich will ins Bett!« Da langte die starke Hand des Mannes herüber, erwischte den Jungen beim Haar und zauste ihn ganz erbärmlich. »Nix mehr mucks«, schrie er zornig, »hier, kriech in Winkel.« Er warf eine alte Decke über ihn hin, und Heinrich hielt es für das beste zu schweigen, um den wilden Mann nicht noch mehr zu reizen. Er wickelte sich ein, streckte sich auf den Boden und war bald wieder eingeschlafen, aber mit dem Entschluß, sich an Carlo und Hanno zu rächen.

Das höhnische Lachen, womit diese ihn am Morgen weckten, machte ihn noch zorniger. Alles andere konnte er eher vertragen. Halb bekleidet, wie er war, sprang er auf das Bett und hämmerte mit den kleinen Fäusten kräftig auf die beiden los, die noch darin lagen. Sie wehrten sich tapfer, alle drei verwickelten sich in die große Bettdecke, und der Knäuel löste sich erst, als der Italiener mit seinem Stock dazwischenschlug, wohin er gerade traf. Mürrisch fuhr Heinrich in seine Kleider. Angst und Furcht waren vergessen, Zorn und Trotz regten sich wieder mächtig in seinem Herzen. Als sein Herr ihm einen leeren Eimer reichte mit dem Befehl: »Hol Wasser!«, legte er die Hände auf den Rücken und rief: »Ich tu's nicht, ich bin nicht dein Knecht!« »Was, du nicht Knecht?« schrie der andere, ihn schüttelnd. »Du Hund, Wurm elender, soll ich drücken dich tot?« »Das ist mir alles egal!« schrie Heinrich. »Ich laß mir's nicht mehr gefallen. Ich sag's den Leuten im Haus und auf der Gasse, daß du mich weggeschleppt hast.« Damit lief er nach der Tür und war im Begriff hinauszuspringen. Aber schon hatte ihn der Mann gepackt, zog einen Strick aus der Tasche, band ihm die Arme auf dem Rücken zusammen und schlang die Enden um den Bettpfosten, daß er sich nicht rühren konnte. Nur einen Schrei stieß Heinrich aus, dann konnte er keinen Ton mehr von sich geben, denn ein Tuch wurde in seinen Mund gestopft. Und ohne ein Wort zu sagen, verließ ihn sein Herr, um mit dem bevorzugten Pedro zum Frühstück zu gehen.

Carlo und Hanno machten unterdessen die Betten, fegten die Kammer und belustigten sich damit, den hilflosen Jungen mit Schmutz zu bewerfen, mit Wasser zu bespritzen und durch allerhand häßliche Grimassen zu ärgern. In ohnmächtiger Wut stampfte Heinrich mit den Füßen, heiße Tränen, die er nicht abwischen konnte, flossen über sein rotes, geschwollenes Gesicht, bis er endlich zu Tode erschöpft allen Widerstand aufgab und sich, den Kopf auf das Bett gelehnt, in sein Schicksal ergab. »Er wird doch nicht erstickt sein?« flüsterte Carlo. »Ich will ihm das Tuch 'rausnehmen, es ist doch fast zu fest.« Ängstlich schlich er zu dem halbbetäubten Jungen hin und zog ihm das Tuch aus dem Mund. »Nun wird er losbrüllen, und wir kriegen's mit dem Alten zu tun«, warnte Hanno. »Sei ganz still, sonst stopf ich dir's wieder rein«, sagte der andere. »Warum sträubst du dich nur so gegen den Alten? Gib acht, er bringt dich noch um.« »Ich weiß, was ich tu«, ächzte Heinrich. »Ich sag's heute gleich allen Leuten im Haus, daß er mich weggeschleppt hat. Da komm ich los.« »Du bist dumm genug. Der Alte hat ja einen Zettel in der Tasche, darauf steht, daß ihm Paolo übergeben worden ist.« »Aber ich bin ja nicht Paolo!« »Wie willst du das beweisen? Ähnlich siehst du ihm wie ein Ei dem anderen, und der Alte lügt wie ein Buch. Und zuletzt bist du doch weiter nichts als ein Ausreißer. Wenn das jemand erfährt, geht dir's schlecht. In ein paar Jahren fahren wir wieder heim übers Meer, vielleicht kommst du dann los. Hier hilft dir niemand, das steht fest. Sei doch lustig und vergiß die Heimat! Komm, Hanno, zum Frühstück, sonst essen sie alles unten auf.« »Macht mich los, ich will auch mit!« schrie Heinrich, vom Hunger gequält. »Warte du nur, bis ein sauberer Teller kommt«, höhnte der Hanno boshaft.

Heinrich hatte lange Zeit, über Carlos Worte nachzudenken, denn es vergingen Stunden, ohne daß sich jemand um ihn kümmerte. Ach ja, er fühlte sehr wohl, daß er gefangen war. Die Männer im Hause redeten eine Sprache, die er nicht verstand, und sahen fast alle böse und wild aus. Wer weiß, ob sie ihn schützen würden! Und wie sollte er wieder über das große, weite Wasser hinüberkommen? Vielleicht war es doch besser, sich jetzt zu fügen. In ein paar Jahren kam er ja wieder heim, wie Carlo sagte. Die anderen Jungen waren so lustig, warum konnte er es nicht auch sein? Tief in seinem Herzen war etwas, das ihn daran hinderte und das er nicht abschütteln konnte: die Sehnsucht nach Berta. Nachts träumte er von ihr und am Tage sah er immer im Geist ihr bleiches Gesichtchen an seiner Seite. Ach, wie gut war sie doch gewesen! Wie lieb hatte sie ihn gehabt, und wie lieb hatte er sie! Das merkte er jetzt erst recht. Aber sie war ja noch krank, als er fortlief. Was wäre, wenn sie vor Kummer um ihn gestorben wäre und er nur noch ihr Grab fände, wenn er heimkam? Sollte er sie dann nie, nie wiedersehen? Das war ihm unerträglich. Aber im Himmel waren die frommen Leute ewig selig zusammen, das wußte er wohl. Aber er war nicht fromm, das fühlte er. Er seufzte tief. Die Hände konnte er nicht falten, sie waren festgebunden, aber laut und aus Herzensgrund sagte er sein Kindergebet: »Lieber Gott, mach mich fromm, daß ich in den Himmel komm!« Das wollte er alle Tage sagen, Gott würde ihn erhören, denn er war ja so gut. Zum ersten Mal war Heinrich froh, daß er das wußte. Sein Gebet war das einzige, das seit Jahren aus diesem Hause zu Gott emporstieg. Und der barmherzige Vater hörte es und hielt seine Hand über den verlassenen Jungen, daß er nicht an Leib und Seele verdarb.

Es mußte bald Mittag sein. Da kam plötzlich der Italiener ganz freundlich und lachend herein, strich dem Jungen über den Kopf und fragte: »Nun zahm, Paolo? Ja, ganz zahm; schön, hübsch und lieb.« Dann band er ihn los, ließ ihn sich waschen und kämmen, knüpfte ihm selbst das rote Halstuch, bürstete das Jäckchen und führte ihn hinunter in das fast leere Gastzimmer.

Da saß vor dem Kamin ein Mann in einer Jacke mit Goldtressen, kurzen Reithosen und zierlichen Sporenstiefeln, auf dem Kopf einen dreieckigen Hut mit goldenen Quasten. Pedro, Carlo und Hanno standen wie Soldaten vor ihm und machten auf sein Kommando allerlei Bewegungen mit Armen und Beinen. »Hier der Kleinste«, sagte der Italiener, Heinrich vorstellend. Der fremde Mann nahm ihn vor sich, drehte ihn hin und her und besah ihn wohlgefällig. »Ganz prächtig!« rief er. »Wie geschaffen für den Zirkus, hübsch, leicht und beweglich, wird überall zu gebrauchen sein. Es ist abgemacht, ich engagiere euch alle miteinander für den ganzen Winter. Aber erst sollt ihr mit mir essen. Hallo, Kellner, wird's bald mit dem Mittagessen? Auch für die vier jungen Herren wird mitgedeckt auf meine Kosten.« Nun, das ließ sich hören. Einen jungen Herrn hatte Heinrich noch nie jemand genannt, und ganz vergnügt setzte er sich an den Tisch und ließ sich die guten Sachen wohlschmekken. Der Fremde erzählte viele komische Sachen, der Italie-

ner war so freundlich wie möglich, und bald scherzte und lachte Paolo mit den anderen, so daß die ernsten Gedanken des Morgens ganz vergessen zu sein schienen.

Gegen Abend machten sich alle mit Sack und Pack auf, und nach einer langen Fahrt durch die endlose Stadt stiegen sie bei einem großen, freien Platz aus, der durch das Abbrennen etlicher Häuser entstanden war. Er sah wüst und unfreundlich aus, Schutt war hier und da abgelagert, staubiges Gras und Unkraut wuchsen dazwischen. In der Mitte aber war eine große runde Bude aufgeschlagen, über deren Eingang ein buntes Schild prangte mit der Aufschrift: »Dime Show«. (Das heißt, eine Schaustellung, die man für einen »dime«, das sind 10 cents, sehen kann.) Dahinter standen noch kleinere Holzbuden, die offenbar den im Zirkus beschäftigten Menschen und Tieren zur Wohnung dienten. In eine von diesen führte der Fremde seine neuen Freunde, um ihnen ihre Schlafstätte anzuweisen. Es war schon dunkel in dem Raum, und Heinrich prallte erschrokken zurück, als dicht neben ihm ein lautes Brummen ertönte. »Das ist bloß der Tanzbär«, hieß es, »er tut dir nichts.« Gleich darauf fühlte er etwas Kaltes über seinen Kopf hinstreichen, es war aber nur der Rüssel des kleinen Elefanten, der ganz zahm und gutmütig war. Nun zündete der Herr ein Lämpchen an, das an einem Balken hing und einen durch Bretter gebildeten Verschlag beleuchtete, wie ihn die Tante zu Hause für ihre Kälber zu machen pflegte. Reichlich Stroh war darin aufgeschüttet. Das sollte die Wohn- und Schlafstätte der vier Jungen werden. Heinrich war damit zufrieden, es war ihm lieber als das gefährliche Bett im Logierhaus. Er kroch in eine Ecke, Beppo kauerte dicht neben ihm, und niemand machte ihm seinen Platz streitig.

Außer dem Tanzbären und dem Elefanten wohnten in dem engen Raum noch zwei Kamele und drei Indianerponys. Diese Tiere hatten die Jungen zu füttern und zu versorgen. Das war nicht gefährlich, denn sie waren zahm und altersschwach und nur zu froh, wenn ihnen ihr schmales Futter gereicht wurde. Faulheit und Zimperlichkeit wurden aber dem Heinrich gründlich ausgetrieben, denn es war nicht gerade appetitlich, die Ställe zu reinigen oder die Lederhaut des Elefanten zu waschen, wenn er sich im Dreck gewälzt hatte. Außerdem mußte er täglich den Italiener bedienen, der sehr eitel war und alles blitzblank haben wollte. Sobald er die Umgebung etwas kannte und einige englische Worte aufgeschnappt hatte, mußte er auch Botendienste tun. Bald schickte ihn der immer durstige Riese aus dem Zirkus, der im anderen Häuschen wohnte, nach Bier, bald mußte er für den alten, naschhaften Zwerg Kuchen und Zuckerzeug holen. Dazu kam noch das Üben für die Vorstellungen, die nachmittags und abends stattfanden. Große Kunstfertigkeit gehörte nicht dazu, der bunte Anzug, reichlich mit Gold und Silber verziert, tat das meiste. Immerhin wollte es gelernt sein, auf dem Hals des Elefanten zu reiten, auf dessen Rücken die Frau des Budenbesitzers als glänzende indische Prinzessin saß oder in bunter, prächtiger Kleidung das Kamel zu führen, auf dem Pedro als Prinz von Marokko thronte. Dazwischen ließ Paolo als armer Zigeunerjunge seinen Beppo tanzen und sang rührende Liedchen dazu, die er von Carlo lernte. Manchmal wurde ihm auch ein Seidenkleid mit Schleppe angezogen, eine gepuderte Perücke aufgesetzt, und er tanzte mit dem Zwerg ein zierliches Menuett und wurde dann von ihm feierlich an ein gedecktes Tischchen geführt, wo Beppo, als Diener gekleidet, die Speisen auftrug.

Das alles machte dem Jungen viel Spaß, und er stellte sich ganz ausgezeichnet dazu an. Während er bei der schmutzigen Arbeit am Morgen oft seufzte und sich heim wünschte, vergaß er über dem bunten Leben des Abends immer wieder alle Not und war so munter, lustig und natürlich bei seinen Vorstellungen, daß er bald der Liebling der Zuschauer wurde. Diese hatten keine großen Ansprüche, denn es waren nur einfache Leute: Zeitungsjungen, Lehrlinge, Laufburschen, Hausmädchen und viele Schulkinder. Sie warfen auch dem kleinen Schauspieler weder Lorbeerkränze noch Blumensträuße zu, wohl aber Äpfel, Nüsse, Orangen und kleine Tüten mit Kandiszucker. Dieser nahm die Huldigungen sehr gern hin und fand sich mit jedem Tag besser in seine Lage. Von jeher leichtsinnig und gedankenlos, wurde bei ihm die Erinnerung an die Eltern, an die Schule und an das Heimatstädtchen immer schwächer. Nur seine Berta vergaß er nie. Es verging selten ein Tag, an dem er nicht durch irgendetwas an sie erinnert worden wäre. Wenn ihm die Arbeit sauer wurde, dachte er daran, wie sie ihm immer geholfen und stets das Schwerste übernommen hatte. Wenn er auf der Straße ein Geschwisterpaar fröhlich beisammen sah, dachte er an die lustigen Spiele, die sie miteinander gespielt hatten. Als er noch bei ihr war, hatte sie ihn oft vor allerhand Bosheit und Unart gewarnt, aber er hatte es in den Wind geschlagen. Jetzt fiel ihm das alles wieder ein, sooft eine Versuchung an ihn herantrat. Ach, er sah und hörte viel Böses! Schimpfworte und rohe, gottlose Reden waren in aller Munde. Aber er hütete sich, sie nachzusprechen, weil Berta davor erschrocken wäre. Die anderen Jungen benutzten jede Gelegenheit, um zu naschen und zu stehlen. Heinrich aber nagte oft in seiner Ecke an einer harten Brotrinde, während sich die anderen an heimlich entwendeten Leckerbissen gütlich taten. Und wenn er ja einmal mitmachte, war ihm nachher so traurig zumute, daß er lange an nichts mehr Freude hatte.

Die ganze Zirkusgesellschaft lebte so richtig von der Hand in den Mund. Waren alle Plätze mit Zuschauern gefüllt gewesen, so gab es ein gutes Abendbrot, Kaffee und Kuchen, Wurst, Brot und Bier in Fülle. Bis in die Nacht hinein saßen alle lustig beisammen und schliefen dann bis in den hellen Tag. Waren aber die Bänke nur dünn besetzt oder machte gar einer der Schausteller, sei es nun Mensch oder Tier, einen Fehler, so daß Hohngelächter, Zischen und Poltern aus den Reihen erklangen, dann mußte man sich hüten, dem Herrn der Bude in den Weg zu kommen, wenn man nicht mit Püffen und Fußtritten abgespeist werden wollte. Gekocht wurde dann nichts. Jeder mochte selber sehen, woher er etwas bekam, und mehr als einmal füllte Heinrich seine Taschen mit Maiskörnern aus der Krippe des Kamels, um nur seinen Hunger zu stillen.

Aber es war gut für ihn. Es schadete ihm nichts, daß ihm der Italiener oft seine Stiefel an den Kopf warf, wenn sie nicht blank genug waren und daß ihn der boshafte Hanno quälte und verhöhnte und ihm die schmutzigsten Arbeiten überließ. Wenn es ihm schlecht ging, dachte er am meisten an Berta und vergaß auch nicht, sein Gebet zu sprechen. Manchmal kam ihm sogar der Gedanke, daß er eigentlich selbst schuld daran sei, wenn es ihm schlecht ging. Aber diesen Gedanken versuchte er schnell wieder zu unterdrücken, und wenn er beim Lichterglanz auf der Schaubühne herumsprang, war alles vergessen.

Mehr als einmal waren sie schon mit Sack und Pack weitergezogen, um die Bude in einem anderen Stadtteil aufzuschlagen. Als sich der Winter jedoch seinem Ende zuneigte, wollten die Vorstellungen nicht mehr so recht ziehen, und der Besitzer sann auf etwas Neues, um das Publikum anzulocken. »Ich hab's!« rief er eines Abends, als er den Italiener mit seinen Jungen betrachtete. »Ihr seid wie geschaffen, eine Indianertruppe darzustellen. Braungebrannt seid ihr alle, man braucht nur mit ein wenig Rot nachzuhelfen, schwarzes Haar und glänzende Augen habt ihr auch.« Gesagt, getan. Pedro, der ein geschickter Bursche war, malte ein großes Bild in grellen Farben, auf dem fünf Indianer von verschiedener Größe wie Orgelpfeifen nebeneinander standen, und darunter war zu lesen: »Der Chippewä-Indianer ›Heller Blitz‹ ist eben mit seinen vier Söhnen angekommen und beehrt sich, die Gunst des Publikums zu erbitten.«

Nach acht Tagen schon prangte das Bild am Eingang der Bude, und am Abend war jeder Platz besetzt. Ganze Scharen von Schuljungen waren hereingeströmt und machten einen solchen Lärm, als ob sie selbst Söhne des »Hellen Blitzes« wären. Es war aber auch schön, denn es wurde eine Bärenjagd dargestellt. Der arme alte Tanzbär war durch Hunger und heftiges Kneifen in den Schwanz so wild wie möglich gemacht worden und raste so schnell er konnte rings um den Schauplatz, verfolgt von den drei großen Jungen auf den Ponys. Ihr Haar war auf dem Kopf zusammengebunden, Gesicht und Oberkörper bunt bemalt, die Beine steckten in Lederstrümpfen, und mit entsetzlichem Geschrei schwangen sie ihre Spieße. Endlich verschwanden alle hinter den Brettern, und die Szene veränderte sich. Ein Zelt erschien. Davor saß der Italiener als alter Häuptling stumm und regungslos, in eine feuerrote Decke gewikkelt, mit dem Federschmuck auf dem Kopf und rauchte majestätisch seine kurze Pfeife. Paolo aber, nur mit einem Fell bekleidet, übte sich auf dem freien Platz im Schießen und Lanzenwerfen und machte seine Sache ausgezeichnet. Da erschienen die drei Jäger mit dem erlegten Bären. Freilich war es nicht der gute alte Petz, sondern nur ein altes, mit Werg ausgestopftes Fell, das von Paolo mit Triumphgeschrei, vom Häuptling mit herablassendem Kopfnicken begrüßt wurde.

An den folgenden Abenden wiederholte sich dasselbe mit allerhand Variationen, ein Kriegstanz wurde aufgeführt, ein schauerlicher Schlachtgesang angestimmt und dergleichen. Aber das nimmersatte Publikum war noch nicht zufrieden. Als die tapferen Jäger einst mehrere Kaninchen als Jagdbeute heimbrachten, erhob sich ein Gemurmel, das schnell zum stürmischen Geschrei anschwoll. »Feuer machen, braten, essen!« rief die wilde Jugend und beruhigte sich nicht eher, bis der Zirkusdirektor erschien und für den nächsten Abend die Erfüllung ihres Wunsches versprach, die immerhin einige Vorbereitungen erfordere.

Beim Abendbrot wurde beschlossen, daß bei der nächsten Vorstellung eines der Kaninchen auf der Szene abgezogen, schnell am offenen Feuer gebraten und von der Familie des »Hellen Blitzes« verzehrt werden sollte. Der Italiener aber, der im stillen schon des langen Aufenthaltes an einem Ort müde war, hatte nicht viel Lust zu dieser Mahlzeit und verlangte eine Erhöhung seines Lohnes, wenn er das verräucherte, halbrohe Zeug essen sollte. Der Zirkusbesitzer aber lehnte diese Lohnerhöhung ab und erzählte von einem Schwaben, den er lange Zeit im Dienst gehabt und der ohne Widerrede ganz rohes Fleisch gegessen habe. Ein Wort gab das andere, jeder bestand auf seinem Kopf, und zuletzt nannte der Herr den Italiener ein Leckermaul und einen eingebildeten Stutzer, worauf dieser ihm eine leere Bierflasche an den Kopf warf. Es gab zwar keine gefährliche Wunde, wohl aber ein großes Geschrei von Verklagen, Strafe zahlen und Gefängnis. Rachedurstig fiel der Zirkusriese über den Italiener her, während der Zwerg sich an seine Beine hing. Und wer weiß, was noch geschehen wäre, wenn der Angegriffene ihn nicht abgeschüttelt hätte, um, von Carlo und Hanno gedeckt, die Flucht zu ergreifen und sich in seinem Schlafhaus einzuschließen.

Als aber alles still geworden war, öffnete sich die Tür leise. Der Italiener und seine Jungen traten heraus. Hanno streckte der Bude zugewendet die Zunge heraus. Und fort ging es zur nächsten Eisenbahnstation, von wo sie bald mit dem Nachtzug in Richtung Westen weiterfuhren.

Einige Wochen trieben sie sich noch in Nachbarstädten herum. Dann aber war der Winter zu Ende, es wurde schnell schön warm und grün. Und nun begann ein fröhliches Wanderleben. Dörfer gab es freilich nicht wie daheim, wo in der Mitte das Wirtshaus stand mit der schattigen Linde davor. Von Farm zu Farm wanderten die Musikanten und bekamen selten viel Geld für ihre Künste, dagegen gab es gutes Essen und Trinken in Fülle. Jeder der Jungen trug außer seinen Instrumenten noch ein Säckchen auf dem Rükken, worein sie die Gaben sammelten: Brot- und Kuchenstücke, Mehl, Kaffeebohnen, Wurst und Speck. Lagerten sie dann an einem schattigen Plätzchen im Busch, so wurde Feuer angezündet und ein köstliches Mahl bereitet. Weideten Kühe in der Nähe, so melkte Hanno einen Blechtopf nach dem anderen voll schaumige Milch, und Carlo wußte geschickt in der Nähe der Farmhäuser die Plätze aufzufinden, wo die Hühner »vorbeilegten«. Daß das gestohlen war, ahnte Heinrich nicht. Die anderen machten ihm weis, die Tiere gehörten niemandem, sondern liefen so frei herum, weil es eben ein freies Land sei. Dazwischen blieben sie wohl zwei oder drei Tage lang in einem Städtchen, um den Geldbeutel zu füllen und dann ein Stück mit der Eisenbahn weiterfahren zu können.

Noch nie waren alle so lustig und gut gelaunt gewesen wie jetzt, und auch Heinrich fühlte sich recht wohl. Der mühsamen Arbeit im Zirkus war er enthoben, an die Dienste, die er seinem Herrn leisten mußte, hatte er sich gewöhnt und widersprach ihm nie mehr, so daß ihn dieser fast immer freundlich behandelte. Nur einen seltsamen Mangel fühlte der Junge auch an den lustigsten Tagen, den er sich selbst nicht recht zu erklären wußte. Warum kamen ihm die Tränen in die Augen, wenn sie vor einer Farm spielten und die Familie zuhörte, auf der Bank vor dem Hause sitzend, der Vater den Arm um den kleinen Sohn gelegt, die Mutter das Jüngste auf ihrem Schoß liebkosend? Einmal, als seine Sachen ganz und gar zerlumpt waren, schenkte ihm eine freundliche Frau einen noch recht ordentlichen alten Anzug ihres Jungen. Sie half ihm selbst beim Anziehen und fragte leise, als sie das Jäckchen zuknöpfte: »Kannst du auch beten, mein Junge?« Heinrich nickte. »Das ist gut! Vergiß es nie, Gott hat dich lieb, wenn dich auch sonst niemand lieb hat.« Ach ja, das war es, was

ihm fehlte, niemand hatte ihn lieb! Wie lieb hatte ihn Berta gehabt! Wenn er sie nur noch ein einziges Mal sehen könnte! Einstweilen mußte er sich mit der Anhänglichkeit eines Tieres begnügen: Das Äffchen Beppo war ihm nach und nach immer mehr zum Freunde geworden, und der früher so selbstsüchtige Junge hätte jetzt lieber gehungert, als daß er das Tier hätte Mangel leiden lassen. Wenn die großen Jungen auf den Ruheplätzen Karten oder Würfel spielten, plauderte und spielte Heinrich mit seinem Beppo, und wenn ihn das Heimweh überfiel, erzählte er ihm mit leiser Stimme von Berta. Dann sah ihn das Äffchen so klug an und streichelte sein Gesicht, wenn es merkte, daß er traurig war.

Es war an einem sehr heißen Augusttag. Sie wanderten durch eine Gegend, wo die Farmen weit voneinander entfernt lagen und die Leute nicht sehr freundlich waren. Die Eßbeutel waren leer, und der Italiener trieb zur Eile, damit sie vor Abend das nächste Städtchen erreichten. Müde vom Laufen, war Heinrich ein wenig zurückgeblieben. Er und sein Beppo lechzten vor Durst. Nicht weit vom Wege stand ein Farmhaus, dessen Bewohner alle auf dem Felde zu sein schienen, denn es war ganz still ringsum. Im Hofe stand ein Ziehbrunnen. Schnell setzte Heinrich die Drehorgel mit Beppo auf den Boden und lief hin, um einen Eimer Wasser heraufzuziehen. Schon hatte er seinen Becher gefüllt, da fuhr plötzlich ein großer Hund aus dem Gebüsch des Gartens und ging auf Beppo los. Heinrich schleuderte den Becher von sich und eilte zu Hilfe, aber es war zu spät. Schon hatte der Hund das arme Tierchen gepackt, das sich mit seinen scharfen Zähnen wehrte, so gut es konnte. Aber der Kampf war zu ungleich, und als Pedro zurückgelaufen kam und den Hund durch einen Steinwurf verscheuchte, lag der arme Beppo mit zerbissenen Gliedern in den letzten Zuckungen und Heinrich laut jammernd und weinend daneben. Auf das Geschrei hin kamen auch die anderen zurück. Als der Italiener sah, was geschehen war, kannte sein Zorn keine Grenzen. So grausam trat und schlug er den Jungen, daß sich Pedro mit Gewalt dazwischen warf, damit er ihn nicht gar noch umbringe. Wimmernd lag Heinrich am Boden, als ein Wagen auf den Hof fuhr und der Farmer herabsprang. Sogleich trat ihm der Italiener entgegen und verlangte Bezahlung für das getötete Tier. Ein Glück war es für Heinrich, daß der Mann willig war, eine kleine Summe zu erstatten, so daß die Wut des andern sich ein wenig legte und er dem Jungen erlaubte, sich am Brunnen zu waschen und seinen Durst zu löschen.

Ach, das war ein schwerer Weg bis zum Städtchen und ein trauriges Nachtlager im Stall des kleinen Gasthofs. Alle Glieder schmerzten dem armen Jungen, und sein Herz sehnte sich nach seinem Beppo. Zum erstenmal fühlte er wirklich Reue darüber, daß er von daheim fortgelaufen war. »O Berta, Berta, wär' ich bei dir geblieben«, seufzte er einmal über das andere. Da sah er durch eine Öffnung im Dach den Sternenhimmel und dachte an den einzigen Freund, der ihm geblieben war. »Lieber Gott, mach mich fromm, daß ich in den Himmel komm!« schluchzte er und verbarg sein Gesicht im Stroh. Hätte er doch gewußt, daß nur wenige Tagereisen entfernt eine große Stadt war und mitten darin ein Haus, an dessen offenem Fenster ein kleines, krankes Mädchen in seinem Bett lag und seufzte: »O, mein Heiner, wär' ich doch bei dir!«

Der Einsiedler

So schlecht wie in den folgenden Wochen war es Heinrich noch nie ergangen. Die Drehorgel hatte bei dem Kampf mit dem Hund auch Schaden gelitten, so daß sie nicht mehr viel wert war und der Italiener sie im Städtchen billig verkaufte. Heinrich aber sollte nun die Trommel schlagen und ein wenig Geige spielen lernen, um bei der Musik mitzuwirken. Hanno avancierte zur Trompete, die zu blasen er schon längst von seinen Kameraden gelernt hatte. Aber der Italiener war ein ungeduldiger Lehrer und immer noch erbost über den Tod des Äffchens, und der arme

Heinrich hatte ganz und gar keine Begabung zur Musik. Dazu hatte er vor dem harten Mann soviel Angst, daß er schon zitterte, wenn sie sich im Waldesschatten lagerten, um den Unterricht zu beginnen. Er entlockte dann der Geige schauerliche Mißtöne und fiel fast immer an der falschen Stelle mit der Trommel in den Chor der anderen ein. Da gab es Schläge und Schimpfworte. Er wurde an den Haaren gerissen und mit Füßen gestoßen und bekam oft den ganzen Tag nichts zu essen, so daß er sich vor Hunger kaum weiterschleppen konnte. Das Schlimmste aber war, daß er jedesmal, wenn sie in die Nähe eines Städtchens kamen, hineingeschickt wurde, um zu betteln, während die anderen sich draußen ausruhten. Ach, er schämte sich sehr, wenn er so schmutig und zerrissen, wie er meistens war, von einer Tür zur anderen ging und ein paar Brocken in seinen Sack sammelte. Ängstlich zählte er die kleinen Geldmünzen, die ihm geschenkt wurden. Wehe ihm, wenn er nicht genug in das Versteck seines grausamen Herrn mitbrachte! Freilich waren diese Bettelfahrten die einzige Gelegenheit, sich einmal ordentlich sattzuessen. Denn manche freundliche Mutter hatte Mitleid mit seinem traurigen Gesicht, ließ ihn sich auf die Bank im Hofe setzen und brachte ihm eine Schüssel mit warmem Essen heraus. O, wie gern hätte er so einer Frau seine Not geklagt und um Hilfe und Befreiung aus seiner Gefangenschaft gebeten! Aber er wagte es nicht. Denn es waren ihm die schrecklichsten Strafen angedroht worden, wenn er jemals etwas über seine Herkunft sagen würde.

Aber diese schwere Zeit war auch gut für ihn: Es wurde ihm allmählich bewußt, daß er großes Unrecht getan hatte, als er aus der Heimat fortgelaufen war. Er bat Gott oft um Verzeihung und versprach, ganz gehorsam und gut zu sein, wenn er ihm nur diesmal noch aus der Not helfen wollte. Wie das geschehen könnte, davon hatte er freilich keine Vorstellung. Doch hoffte er, sie würden vielleicht den Winter wieder in einer großen Stadt zubringen, wo sich für ihn andere Beschäftigung finden werde als die verhaßte Musik.

Unterdessen war es Herbst geworden. Eines Abends hörte er die anderen Jungen davon sprechen, daß sie bald eine weite Fahrt auf einem Flußdampfer antreten würden, um nach dem Süden zu gelangen, wo es auch im Winter warm sei. Wenn sie die Reisenden auf dem Schiff täglich mit Musik unterhielten, sollten sie freie Fahrt bekommen. Ach, das war eine Schreckensbotschaft für den armen Heinrich! Er wurde nun unsäglich gequält, um wenigstens noch einige Stückchen spielen zu lernen, ehe es aufs Schiff ging, und immer gehässiger ruhte der Blick seines Herrn auf ihm.

Eines Nachmittags machten sie mitten im Wald eine Rast, um ihr Vesperbrot zu essen. Heinrich aber wurde davon ausgeschlossen, weil er wieder falsch gespielt hatte. Müde sank er ins Gras nieder und schlief fest ein. Noch im Schlaf quälte ihn der Hunger. Er träumte, Berta stünde vor ihm und reichte ihm mit freundlichem Lächeln Brot und Milch. Als er endlich erwachte, lag wirklich ein großes Stück Brot neben ihm im Gras. Begierig biß er hinein und richtete sich auf. Aber o Schreck! Er war ja ganz allein, nirgends eine Spur von den anderen. Er lief hierhin und dorthin, rief und suchte. Es war vergebens. Offenbar hatten sie ihn mit Absicht hier zurückgelassen, ihn los zu sein. Denn der Italiener hatte erst heute gesagt, er sei kein Stück Brot mehr wert. Lange saß er da, weinte und jammerte und wußte nicht, was er tun sollte. Er freute sich ja, vom Musikmachen erlöst zu sein. Aber wohin sollte er nun gehen? Wer würde sich seiner annehmen?

Bald fing es an zu dämmern, und er dachte mit Schrecken daran, daß die Nacht käme und er ganz allein im Walde sei. Voller Angst lief er, ob er nicht ein Farmhaus fände, wo er um Nachtlager bitten könnte. Endlich kam er auf eine kleine Wiese, wo eine Kuh weidete. Die kam ihm gerade recht, denn er war sehr durstig. Er streichelte das Tier und sprach ihm liebkosend zu, so daß es sich nicht sträubte, als er seinen Becher mehrmals vollmelkte und sich so an der Milch labte. Er war so froh, die Kuh gefunden zu haben, das war doch wenigstens ein lebendiges Wesen. Er wollte die

Nacht über bei ihr bleiben, morgen würde er schon ein Haus finden.

Als es aber schnell ganz dunkel wurde, hörte die Kuh auf zu weiden und lief weg. Ängstlich lief er ihr nach, denn er fürchtete sich, allein zu sein. Das Tier lief sicheren Schrittes durch dichtes Gebüsch, als ob es den Weg gut kenne. Und plötzlich blieb es vor einem halbverfallenen Zaun stehen, hinter dem Heinrich in der Dunkelheit die Umrisse eines kleinen Hauses erkannte. Die Kuh brüllte mehrmals laut, als ob sie Einlaß begehrte, und bald kamen Schritte vom Hause her. Ein Mann öffnete ein Tor, die Kuh ging hinein, und Heinrich folgte ihr unbemerkt. Als er aber ebenso leise in den geöffneten Stall schlüpfen wollte, faßte ihn plötzlich der Mann am Kragen und rief: »Was ist das? Wie kommst du hier herein?« »Ach, ich wollte nur gern im Stall schlafen. Morgen früh geh' ich wieder mit der Kuh hinaus.« »Wie heißt du denn?« »Paolo.« »Zu wem gehörst du?« »Zum Italiener.« »Wo ist denn der?« »Fortgegangen. Und hat mich allein im Wald gelassen.« »Du kannst die Nacht hierbleiben. Morgen wollen wir weiterreden.« Der Mann zündete eine Laterne an, und nun sah Heinrich, daß er groß und stark war, mit langem Bart und Haar und in einen groben, grauen Kittel gekleidet, mit einem Lederriemen um den Leib. Er sah auch, daß außer der Kuh noch zwei große Pferde im Stall standen und ein nettes Pony. Auf Stangen und Balken saß zusammengeduckt eine große Menge Hühner. Der Mann melkte die Kuh, füllte auch Heinrichs Becher und brachte ihm ein Stück Brot. Dann zeigte er auf einen Strohhaufen. »Schlaf hier«, sagte er kurz, streichelte die Pferde, sprach leise und liebkosend mit ihnen wie mit Menschen, ging hinaus und schloß den Stall zu.

Das fröhliche Wiehern der Pferde, die ihren Herrn begrüßten, weckte den Jungen am Morgen. Der Mann stand an seinem Lager und betrachtete ihn nachdenklich. »Wasch dich am Brunnen«, gebot er, »und dann komm zu mir ins Haus.« Schüchtern öffnete Heinrich die Haustür, die unmittelbar in eine große Küche führte. Dieser Raum diente gleichzeitig noch als Wohn- und Schlafzimmer. An einem eisernen Herd stand sein Wirt und wendete duftende Maisfladen in einer Pfanne, vergaß aber dabei nicht, auf den Topf mit Milch zu achten und den aufbrodelnden Kaffee vom Feuer zu rücken. Neben dem Herd war ein großer Stoß Brennholz aufgeschichtet. An der anderen Seite stand ein weißgescheuerter Tisch, darüber hingen an einem Brett allerlei Küchengeräte. Ein breites Bett, das schon ordentlich gemacht war, ein Schrank und zwei Stühle vervollständigten die Einrichtung. Heinrich hoffte, daß aus der inneren Tür die Frau des Farmers treten und freundlich zu ihm sprechen würde, aber niemand erschien. Ernst und schweigend beendete der Mann seine Küchenarbeit, trug das fertige Frühstück auf den Tisch und legte dem hungrigen Jungen reichlich davon vor. Als beide satt waren, begann das gefürchtete Verhör.

»Was hast du denn bei dem Italiener gemacht?« begann der Mann. »Das Äffchen tanzen lassen und die Drehorgel gespielt.« »Woher kommt ihr denn?« »Aus der Stadt New York, da waren wir bei einem Zirkus. Wir waren Indianer. Oder ich bin auf dem Elefanten geritten und habe mit dem Zwerg getanzt. Manchmal hat mich auch der Riese auf dem Kopf getragen, da bin ich bald ans Dach gestoßen.« »Wo hast du denn dein Äffchen gelassen?« »Das hat ein Hund totgebissen. Und dann sollte ich Musik machen und konnte es doch nicht. Da hat mich der Alte jeden Tag geschlagen und getreten und halb verhungern lassen und immer sehr schlecht behandelt.« Lebhaft erinnerte sich der arme Junge an die ausgestandenen Leiden und schluchzte herzerweichend. »Hast du denn keine Eltern?« »In dieser Welt nicht, drüben über dem großen Wasser in der anderen Welt. Aber ich bin schon lange von ihnen fort.« »Und in dieser Welt, wie du es nennst, hast du niemanden, der sich um dich kümmert?« »Nein, gar niemanden.« »Dann geht dir's wie mir, mein Junge! Du kannst bei mir bleiben, bis ich Zeit habe, dich in die Stadt zu bringen. Dort wollen wir nachfragen, was mit dir geschehen soll. Noch nie habe ich einen

Gast beherbergt, seitdem ich so einsam hier wohne«, fuhr er, mit sich selbst redend, fort, »aber ich kann den kleinen Kerl nicht hinausjagen. Ich weiß nicht, woher das kommt.«

Der einsame Mann kannte die Stadt New York, denn er hatte selbst lange dort gelebt, und wußte, daß es dort viele kleine Italiener gibt, die von gewissenlosen Eltern an Herumstreicher verkauft oder vermietet worden waren, um durch leichtfertige Künste ihr Brot zu verdienen. Für einen solchen hielt er Heinrich und wurde durch die dunkle Hautfarbe und durch das seltsame Gemisch von Deutsch, Englisch und Italienisch, das er sprach, noch darin bestärkt. Darum forschte er nicht länger nach seiner Herkunft, sondern räumte schweigend das Geschirr zusammen, spannte die Pferde vor einen Ackerwagen und fuhr mit seinem kleinen Gast zu einem mitten im Busch liegenden Feld, um die letzten Kartoffeln zu lesen.

Nun begann für Heinrich ein neues Leben, wie er es noch nie gekannt hatte. Ganz still und einsam wohnte er in dem Waldhäuschen und sah wochenlang niemanden als seinen ernsten, schweigsamen Beschützer. Jeder Tag brachte neue Arbeit, denn der Winter stand vor der Tür und alles mußte darauf vorbereitet werden. Einige kleine Felder, die an verschiedenen Stellen im Walde versteckt lagen, wurden umgepflügt und besät, die letzten Gartenfrüchte geerntet und aufbewahrt, das fette Schwein aus dem Ställchen hinter dem Hause geschlachtet und zu Wurst und Pökelfleisch verarbeitet. Bei all diesen Arbeiten mußte der Junge tüchtig mit zugreifen. Und er tat es gern; denn er war froh, die stete Angst vor dem Italiener los zu sein und einmal wieder freundlich behandelt zu werden. Die ersten Nächte schlief er noch auf dem Stroh im Stall, als es aber kühler wurde, räumte ihm der Wirt die Hälfte des großen Bettes ein, und die beiden schliefen friedlich nebeneinander nach den Mühen des Tages. Auch in der Hauswirtschaft mußte Heinrich zur Hand gehen, der einsame Mann machte alles selbst. Er kochte das Essen, das freilich nicht immer gut geriet, aber dem Jungen prächtig schmeckte, denn die Leckerei war ihm in der letzten Zeit gründlich ausgetrieben worden. Der Mann knetete den Brotteig mit geschickter Hand; er sagte, er sei eine Zeitlang Bäcker gewesen. Er scheuerte den Fußboden und putzte das Kochgeschirr, denn er hatte als Hausdiener in einem Gasthof alle diese Arbeiten gelernt. Selbst nähen konnte er und machte für Heinrich, dessen Kleider zerrissen waren, einen ähnlichen Anzug wie er selbst einen trug: aus grobem, grauem Stoff, von dem ein ganzer Ballen im Schrank lag. Dieser Kittel saß nicht gerade gut, und im Zirkus hätte Heinrich höchstens den Robinson darin darstellen können. Aber weit und bequem war er, und es ließ sich gut darin arbeiten.

Der einsame Mann fand nach und nach Gefallen an dem kleinen Italiener. Er konnte sich das selbst nicht so recht erklären. Und auch Heinrich wurde täglich zutraulicher, fleißiger und arbeitswilliger. Oft war er nahe daran, dem Mann von Berta zu erzählen. Er wußte nur nicht, wie er anfangen sollte, da dieser ihn nie nach seiner Vergangenheit fragte.

Nur eine große Sorge hatte Heinrich in dieser Zeit, die er nicht lange verbergen konnte. Wie sollte er jemals wieder zu Berta kommen? Eines Tages faßte er Mut und fragte seinen Wirt: »Kann man wieder über das große Wasser zurückkommen in die andere Welt?« »Ja freilich, sobald man Geld genug hat, die Reise zu bezahlen.« »Woher bekommt man Geld?« »Man muß arbeiten und es verdienen. Wenn du groß und stark bist, kannst du das bei einem Farmer versuchen. Du hast wohl Heimweh?« »Ja, manchmal.« »Ich kenne das; wir passen zusammen. Willst du den Winter über bei mir bleiben? Ich behalte dich gern.« »Ja, ich will.« »Gut, wir brauchen also nicht in die Stadt zu fahren. Aber wir wollen heute noch zum Laden, um einiges einzukaufen. Kaffee und Zucker sind zu Ende, und wir brauchen beide neue Schuhe.«

So fuhren denn die zwei in ihren seltsamen grauen Kitteln durch den Wald und kamen viel schneller, als Heinrich gedacht hatte, auf eine holprige Landstraße. Von dort sah man hier und da ein Farmhaus durch die Bäume schimmern. »Merk dir den Weg«, sagte der Mann, »falls du ihn einmal allein gehen mußt.« Einige Male begegneten sie einem Fußgänger oder ein paar Leuten auf einem Wagen und fuhren mit kurzem Gruß an ihnen vorüber. Heinrich aber merkte wohl, daß er verwundert betrachtet wurde und mehrmals hörte er deutlich sagen: »Der Einsiedler hat sich 'nen Jungen angeschafft.«

Der Laden war ein großes, hölzernes Haus, das ganz einsam unter hohen Bäumen an der Landstraße stand. Alles Erdenkliche, was man zur Nahrung und Kleidung und an Gerätschaften im Haushalt brauchte, war hier zu haben, wenn auch nur in geringer Auswahl. Kisten und Fässer standen herum. Auf diesen und auf der Bank vor dem Hause saßen Männer und Frauen, die gekommen waren, einzukaufen und nebenbei ein wenig zu plaudern, während sich ihre Pferde an den umgebundenen Futtersäckchen labten. »Guck, da kommt der Einsiedler.« »Sieh, nun sind es sogar zwei, ein großer und ein kleiner.« »Wie komisch dem Jungen der graue Kittel sitzt.« Solche Worte verstand Heinrich deutlich. Aber sein Wirt kümmerte sich nicht darum; er machte schnell seine Einkäufe, lud alles auf den Wagen und fuhr wieder der Heimat zu. »Ist das wahr, bist du ein Einsiedler?« fragte Heinrich schüchtern. »Sie nennen mich so, weil ich allein wohne und mit niemandem umgehe.« »Warum bleibst du denn immer so allein?« »Weil ich traurig bin«, war die Antwort, und dabei traf den Jungen ein so düsterer Blick aus den Augen des Mannes, daß er sich hütete, noch mehr zu fragen.

Und nun kam der Winter. Eines Morgens war ringsum alles mit Schnee bedeckt, und es wurde sehr still um das Waldhäuschen. Den Tag über gab es Arbeit genug mit der Wirtschaft und dem Vieh, aber die Abende wurden bald recht lang. Manchmal saßen die beiden gemütlich bei der Lampe, schälten Äpfel zum Trocknen, flochten Strohmatten oder schnitzten manches aus Holz. Dann wurde sogar der Einsiedler gesprächig und erzählte aus seinem Leben.

Er war weit herumgekommen und wußte von Indianern, Bären und Wölfen lebhaft zu berichten. Auch Heinrich erzählte manchen Spaß von seinem Beppo und von der seltsamen Gesellschaft im Zirkus. Nur über ihre Herkunft schwiegen beide, und keiner fragte den anderen danach. Dann kamen aber auch Tage, wo der Mann in trüber Stimmung war, fast gar nichts sprach, das Licht zeitig auslöschte und den Jungen sich selbst überließ. Ach, dann wurde die Nacht sehr lang und wollte gar kein Ende nehmen! Dann lag der Junge in seinem Bett und mußte den ernsten, traurigen Gedanken stillhalten, die über ihn kamen. Er war viel nachdenklicher geworden im Haus des Einsiedlers, denn da war nichts, was ihn zerstreute: keine ausgelassene Freude, keine tägliche Abwechslung, aber auch keine Angst und Not. Alles ging ruhig und regelmäßig.

Da wurde in der Stille und Finsternis die Erinnerung wach. Vor allem dachte er oft an Berta. Sie war von klein auf so lieb und freundlich, so geduldig und hilfsbereit gewesen. Aber er sah auch Vater und Mutter, die so fleißig arbeiteten. Er sah die stille, eifrige Schwester Agnes, die freundliche Patentante Rösler und den ernsten und doch guten Lehrer, der sich so viel Mühe mit ihm gegeben hatte. Und zwischen diesen allen sah er im Geiste einen kleinen Jungen voll böser Launen und Eigensinn, trotzig und frech, zur Arbeit zu faul, aber naschhaft und selbstsüchtig; einen Jungen, der seine Schwester wegen einiger süßer Beeren in Todesgefahr getrieben hatte, der zuletzt sogar die Hand ausstreckte nach fremdem Geld und dann feige davonlief, die kranke Schwester in Kummer und Angst zurücklassend. Nicht auf einmal, nur nach und nach wurde ihm das alles klar und drückte schwer auf sein Herz.

So verging eine Woche nach der anderen. Im Februar kamen starkes Tauwetter und ein zeitiges Frühjahr. Das Haus des Einsiedlers lag in einem waldigen Tal, umgeben von Hügeln. Als nun der Schnee schmolz, wurde es dort unten so naß, daß fast alles unter Wasser stand und Bretter gelegt werden mußten, um in Stall und Scheune zu gelangen. Der März brachte warmen Sonnenschein. Morgens und abends stiegen aus dem nassen Tal weiße Dünste auf wie unheimliche Geister. Der Mann und der Junge wurden müde und matt und litten viel an Kopfschmerzen. Durch ein bitteres Pulver, das der Einsiedler aus seinem Schrank holte, wurde Heinrich bald wieder frisch und munter. Er selbst aber fühlte sich täglich elender, so sehr er sich auch dagegen zur Wehr setzte.

Eines Tages hatten die beiden in dem kleinen Gemüsegarten, der etwas erhöht lag, umgegraben und gesät und legten sich abends müde ins Bett. Mitten in der Nacht wurde Heinrich durch lautes Sprechen des Mannes geweckt. »Mir ist so heiß, ich muß verbrennen, bringt mir doch Wasser!« rief er, sich wild umherwerfend. Tatsächlich fühlten sich sein Kopf und seine Hände glühend heiß an. Erschrocken stand Heinrich auf, machte Licht, schöpfte Wasser und hielt es ihm an die brennenden Lippen. »Das ist gut«, murmelte er. »Bist du es, Mutter?« »Hier ist keine Mutter. Ich bin's, der Paolo.« »Es war nicht richtig, ich weiß es«, begann der Mann wieder, »es bedrückt mich so, aber nun ist es zu spät. Sie ist bestimmt längst tot. Was hat der kleine Junge für Augen?« »Wen meinst du denn nur?« fragte Heinrich ängstlich. »Ich versteh dich nicht.« »Hallo, Jungs! Segel auf! Flott mit dem Wind!« rief der Kranke, heftig auffahrend. Nun wurde es Heinrich ernsthaft bange. Er merkte, daß der Mann in heftigem Fieber wirres Zeug redete. Die ganze Nacht brachte er damit zu, ihm kalte Umschläge zu machen, ihm zu trinken zu geben und ihm beruhigend zuzusprechen.

Als es Tag wurde, sank der Kranke endlich in Schlaf. Und nun führte Heinrich einen Entschluß aus, den er während der Nacht gefaßt hatte. Rasch lief er in den Stall, sattelte das Pony, schwang sich darauf und ritt in vollem Galopp durch dick und dünn zu dem Laden. Ganz mit Schmutz und Wasser bespritzt kam er dort an, nahm sich aber nicht die Zeit, abzusteigen, sondern rief vom Pferd herab: »Der Einsiedler ist sehr krank, er redet lauter dummes Zeug und brennt wie Feuer. Was soll ich tun?« »Gib ihm nur Wasser und kühle seinen Kopf. Er wird wohl wieder das Fieber bekommen haben in seinem feuchten Tal. Wenn der Doktor heute vorbeikommt, will ich ihn hinschicken.« Das war ein großer Trost. Wie der Wind jagte der Junge zurück und fand seinen Kranken noch in tiefem Schlaf. Aber die Ruhe dauerte nicht lange, und es wurde ein schlimmer Tag. Frostschauer wechselten mit glühender Hitze, und oft war der Kranke kaum im Bett zu halten.

Am späten Nachmittag sank er endlich ermattet ins Kissen zurück. Und gerade da rollte ein leichter Wagen auf den Hof, und ein freundlicher Mann mit schon grau schimmerndem Haar und Bart trat in die Küche. Erstaunt blickte der Einsiedler ihn an und wollte sich aufrichten, aber der Doktor ließ es nicht zu. »Bleib ruhig liegen, Freund, und rege dich nicht auf. Ich sehe, du bist sehr krank. Der Junge hat mich im Laden bestellt. Das hat er richtig gemacht, und du wirst ihm keine Vorwürfe machen. Du weißt, wer ich bin?« »Wie sollte ich das nicht wissen? Sie sind der Doktor.« »Na gut, alle Leute hören auf mich, du wirst mir auch folgen.« Damit untersuchte er den Kranken sorgfältig, machte selbst das Bett bequem zurecht für ihn, brachte aus dem Wagen Arznei und kühlenden Saft und erklärte Heinrich genau, wie er sich verhalten sollte. »Es ist gut, daß du da bist, Junge«, sagte er, »einen Fremden würde der menschenscheue Mann nicht um sich dulden. Wie heißt du denn eigentlich, und woher kommst du?« »Paolo heiße ich und bin mit dem Italiener durch die Welt gegangen, bis er mich allein im Wald gelassen hat.« »So, so, also ein kleiner Herumstreicher! Nun, halt dich brav, du wirst hier genug Arbeit finden. Jeden zweiten Tag komme ich wieder.«

Ach ja, Heinrich fand Arbeit, denn es wurde eine lange, lange Krankheit, ein schleichendes Fieber. Ohne die Hilfe des Doktors wäre der Junge nicht damit fertig geworden. Diese Hilfe war aber auch etwas wert! Er sorgte nicht nur mit eigener Hand für die Bequemlichkeit des Kranken und brachte in seinem Wagen alles mit, was dazu fehlte. Er sorgte auch für Heinrichs Wohl und stand ihm mit Rat und

Tat bei. Durch seine Vermittlung kam es, daß manchmal jemand aus der Nachbarschaft an die Tür klopfte, um dem einsamen Jungen ein frisches Brot zu bringen oder einen Kuchen oder einen Blechkrug voll guter Suppe.

Die große Aufregung des Kranken legte sich bald. Er war meist ruhig, aber sehr, sehr schwach und dazu fast immer traurig und gedrückt in seinem Gemüt. Heinrich aber gewann ihn von Tag zu Tag lieber. Das ernste, blasse Gesicht in den Kissen kam ihm immer bekannter vor, je magerer es wurde und je schärfer die Züge hervortraten.

Einmal war der Doktor zwei Tage weggeblieben. Er mußte nach Chicago reisen. Dafür war er danach umso freundlicher und hilfreicher und schenkte Heinrich zwei große, goldgelbe Orangen. Dankbar sah dieser zu ihm empor. Da griff ihn der Doktor unters Kinn und fragte hastig: »Junge, wo hast du das Gesicht her?« »Ich weiß nicht, ich hab' es immer gehabt.« »Ja, das glaub' ich dir«, lachte der Doktor. »Es ist seltsam, was die Natur für Spiele macht«, sagte er zu sich selbst, als er in den Wagen stieg, »ein kleiner Italiener und ein deutsches Mädchen, und sehen sich so ähnlich.«

Der Kranke war heute sehr schwach, aber ganz klar und ruhig. Als es dunkel wurde, ging Heinrich hinaus, um die Kuh zu melken und das Vieh zu füttern. Dann setzte er sich ans Bett. Er dachte heute besonders lebhaft an die Zeit, als Berta auch so blaß und still dagelegen hatte, an die Angst, die er um sie ausgestanden, an alles, was er damals gehört und erlebt hatte. Da begann der Kranke leise zu sprechen: »Paolo, ich bin so schwach, ich werde wohl bald sterben.« »Dann freu dich, da kommst du in den Himmel zu den Engeln«, sagte Heinrich unwillkürlich. Es waren dieselben Worte, die die Patentante einst zu Berta gesprochen hatte. »In den Himmel«, seufzte der Mann. »Ach nein, da paß ich nicht hin. Ich bin nicht fromm gewesen. Ach, ich habe solche Angst, schon lange. Ich habe so viel Böses getan von klein auf. Paolo, weißt du nicht ein Gebet, einen Vers zum Trösten?« »Ja, ich weiß eins; laß mich nur nachdenken. Jetzt weiß ich's wieder, so war es:

»Jesus nimmt die Sünder an;
saget doch dies Trostwort allen,
welche von der rechten Bahn
auf verkehrten Weg verfallen.
Hier ist, was sie retten kann:
Jesus nimmt die Sünder an.«

Feierlich klang die Stimme des Jungen in der Dunkelheit. Er brachte die Strophe kaum zu Ende, denn heiße Tränen rannen plötzlich über seine Wangen. Eine Zeitlang war alles still. Dann sagte der Kranke: »Ja, das war es, was Anna mir gesagt hat, wenn ich unruhig und trübsinnig gestimmt war. Auch als Kind hab' ich schon davon gehört bei einem guten, alten Lehrer: 'Jesus nimmt die Sünder an.' Ach, wenn es doch auch für mich gelten würde!« »Es muß doch«, meinte Heinrich, »es heißt ja: Sagt es allen.« »Paolo, du bist nur ein kleiner Junge, aber ich muß dir mein Herz ausschütten, es ist zu schwer. Ich bin ein verlorener Sohn. Als ich so klein war wie du, war ich schon stolz und trotzig und wollte meinen Eltern nicht folgen. Und als ich groß wurde, bin ich ohne Abschied fortgelaufen in die weite Welt, und ich wußte doch, daß mich meine Mutter sehr lieb hatte. O, wenn sie sich um mich zu Tode gegrämt hat! Lange hab ich's leicht genommen. Aber seit Jahren schon drückt es mich mehr und mehr.« Lautes Schluchzen des Jungen unterbrach hier den Sprechenden. »Was fehlt dir denn? Warum weinst du so?« »Weil ich's auch so gemacht habe!« rief Heinrich. »Ich war auch böse und trotzig und bin fortgelaufen von meiner Berta, die mich so lieb hatte. Ach, und ich hab auch gestohlen, 25 Mark aus dem Kästchen des Paten!« »Armer Junge«, seufzte der Kranke. »Ja, ja, wir passen zusammen. - Sag den Vers noch einmal, er ist Trost für uns beide.« Weinend gehorchte Heinrich. »Wo hast du das gelernt, wenn du ein Italiener bist?« »Ich bin ja gar keiner! Ach, schick mich nicht fort. Ich habe mich so gefürchtet, sonst hätte ich dir's längst gesagt. Ich bin ein deutscher Junge. Ich heiß' auch nicht Paolo, sondern Heinrich Burkhardt.« »Wo bist du her?« fragte da der Kranke hastig. Heinrich nannte den Namen seiner Heimatstadt. »Und deine Großmutter? Weißt du noch ihren Namen?« »Laß mich nachdenken, ja, Frau Körner nannten sie die Leute.« »Dann weiß ich endlich, was mich von Anfang an zu dir gezogen hat«, sagte der Kranke, »du bist der Sohn meiner Schwester!« »Dann weiß ich auch, wer du bist«, rief Heinrich, »du mußt mein Onkel sein, der in die weite Welt gegangen ist. O, wie froh bin ich, daß ich dich gefunden habe!« Damit schlang er seine Arme um den Hals des Kranken. Dieser drückte ihn fest an sein Herz, und sie weinten zusammen.

»Lebt meine Mutter noch?« fragte endlich der Onkel. »Nein, sie ist gestorben, als ich erst ein paar Wochen in die Schule ging.« »Dachte sie noch an mich?« »Ja, oft. Sie hat mir auch dein Bild gezeigt und hat gesagt, ich sähe dir ähnlich. Aber du darfst nicht weinen, Onkel, du mußt nun deine Arznei einnehmen und dann schlafen. Der Doktor hat's gesagt.« »Ja, ich will«, sagte der Kranke matt, »die Kräfte verlassen mich. Heinrich, wenn ich sterben sollte, wird dir der gute Doktor helfen, daß du heimkommst. Im Schrank ist ein Strumpf mit Geld versteckt, mehr als genug.« »Nein, du darfst nicht sterben, du mußt gesund werden und mit mir heimreisen.« »Wie Gott will, Kind! Es ist so gut von ihm, daß er dich zu mir geführt hat. Er wird uns beiden vergeben, ich glaube es fest. Komm, wir wollen ihn darum bitten und dann schlafen.« Heinrich kniete am Bett nieder, und der Onkel sprach leise: »Herr Jesus, du nimmst die Sünder an, ach, so nimm uns beide auch an! Wir sind auf dem verkehrten Weg. Führe uns richtig und errette uns! Amen.«

Obgleich der Einsiedler am nächsten Tag recht matt und angegriffen war von der großen Aufregung, erholte er sich doch von da an schnell, und die Liebe der beiden Einsamen zueinander wuchs mit jedem Tag. Sie sagten noch niemandem, daß sie Onkel und Neffe waren, auch dem Doktor nicht, denn sie wollten erst eine Nachricht aus der Heimat abwarten.

Heinrich hörte mit Verwunderung, daß man auch über das weite Meer Briefe schicken könne. Er zweifelte gar nicht daran, daß Berta ihn noch lieb hatte, wenn sie noch lebte, und hoffte auch, daß ihn die Eltern gern wieder aufnehmen würden. Der Onkel aber fürchtete, es werde wohl niemand mehr etwas von ihm wissen wollen, denn es war schon 25 Jahre her, daß er als junger Mann die Heimat verlassen hatte. Mit großer Mühe brachte Heinrich einen Brief zustande an Eltern und Geschwister, und der Onkel schrieb mit schwacher, zitternder Hand seinen Namen darunter und die genaue Adresse, an die die Antwort zu schikken sei. Wie klopfte dem Jungen das Herz, als er den Brief in den Briefkasten am Laden warf. Nun war ja der erste Schritt getan, daß er seine Berta wiedersehen sollte! Einstweilen war er schon ganz glücklich, daß er den Onkel gefunden hatte. Es kümmerte ihn gar nicht, daß er nicht ein reicher Mann war, wie er sich's früher so oft ausgemalt hatte. Denn er fragte jetzt nicht mehr nach Leckerbissen und Zerstreuungen. Ach, er war so froh, daß ihn nun wieder jemand lieb hatte. Denn er hatte gemerkt, wie weh es tut, ohne Liebe leben zu müssen.

Aus dem Herzen des Mannes aber wichen Angst und Traurigkeit nicht so schnell wie bei dem Kind. »Weißt du auch ganz bestimmt, Heinrich, daß Gott mir vergibt?« fragte er oft, wenn der Junge in der Dämmerung still an seinem Bett saß. »Hast du nicht noch mehr so schöne Verse gelernt, die mir Trost ins Herz bringen?« Da kam Heinrich alles zustatten, was er einst an Bertas Krankenlager gleichgültig und nur der Schwester zuliebe gelernt hatte. Es fiel ihm nach und nach vieles wieder ein und war ein schöner Trost für ihn und den Onkel.

Bald wurde dieser etwas kräftiger und konnte mit Kissen gestützt aufrecht sitzen. »Heinrich«, sagte er eines Tages, »nimm doch den Schlüssel aus der Tasche meines Kittels und schließ dort die Zimmertür auf. Du darfst dir alles da drinnen ansehen, später will ich dir davon erzählen. In dem kleinen Schrank stehen einige Bücher; es ist eine Bibel dabei, bring die bitte her, daß wir darin lesen können.«

Zaghaft öffnete der Junge die Tür und trat in ein hübsches, großes Zimmer, das viel besser eingerichtet war als die Küche. Ein Nähtisch stand darin und ein Schaukelstuhl, eine schöne Kommode und ein kleines Schränkchen. Ganz in der Ecke aber sah er zu seiner Verwunderung eine niedliche Korbwiege mit grünen Vorhängen und darin einiges Spielzeug, das man kleinen Kindern gibt. Alles war sauber und in Ordnung gehalten, denn der Onkel pflegte, ehe er krank wurde, jede Woche hineinzugehen, und Heinrich hatte sich oft gewundert, was er wohl da drinnen zu tun habe und warum er stets so traurig aussah, wenn er wieder herauskam.

In der Bibel suchten die beiden die Geschichten von Jesus, und Heinrich mußte sie nach und nach alle vorlesen. Er tat es gern und begriff nicht, wie er sie so gleichgültig hatte anhören können, als er noch daheim in die Schule ging. Je mehr sie lasen, um so ruhiger und glücklicher wurden sie. Auch der Onkel faßte jetzt neuen Mut. Jesus hatte ja nie einen von sich gestoßen, der zu ihm kam, bestimmt würde er auch ihn annehmen. Über dem fleißigen Lesen und der notwendigen Hausarbeit vergingen dem Jungen die Tage schnell. Bald konnte der Onkel aufstehen und ein wenig mit zugreifen, und abends hatten sich die beiden viel zu erzählen.

Heinrichs Erinnerungen waren kindlich und unbestimmt und gipfelten immer in Schilderungen von Bertas Liebe und Güte. Von der Großmutter wußte er nur noch wenig. Sie hatte seine Selbstsucht zu sehr gefördert, darum hatte er nie die rechte Liebe zu ihr gehabt, und ihre übergroße Zärtlichkeit hatte nur wenig Eindruck auf ihn gemacht. Auch von den Eltern konnte er nicht viel berichten, sie waren ja wenig daheim gewesen. »Aber die Mutter«, sagte er, »möchte ich zu gern noch einmal sehen. In den letzten Wochen, als ich versucht habe, ein bißchen lieb zu sein, hat sie mich manchmal geküßt und meinen Kopf gestreichelt.

›Mein Junge!‹ hat sie dann so freundlich gesagt. O, wenn ich das noch einmal hören könnte!«

Der Onkel erzählte seinem kleinen Neffen auch manches von seinen Schicksalen und Irrfahrten, soweit es ein Kind verstehen konnte. Stolz und keck war er ausgezogen, auf seine Kraft und seinen Verstand bauend. Zuerst war es ihm gutgegangen in einem Kaufhaus in New York. Aber bald gefiel ihm die anstrengende Arbeit nicht mehr, und seine Vorstellungen von Freiheit verwirklichten sich nicht. Er wollte eben niemandem untergeben sein. Darum zog er mit wilden Gesellen fort in den fernen Westen, um Gold zu suchen. Er fand aber nur wenig davon, dagegen viel Elend, Betrug, Sünde und Schande. Er geriet in Streit mit seinen Kumpanen und trennte sich von ihnen, um wieder ehrliche Arbeit zu suchen. In allen möglichen Berufen versuchte er sein Glück, aber nirgends wollte es ihm ganz gelingen. Es fehlte ihm der Segen der Eltern, der den Kindern Häuser baut. Endlich, nach jahrelangem Herumtreiben, hatte er etwas Geld gespart und beschloß, sich ein Stück Land zu kaufen. Er sehnte sich nach einem ruhigeren Leben. Er heiratete ein liebes, ehrliches Mädchen, und er hoffte, nun glücklich zu sein.

»Wäre ich damals gutem Rat gefolgt«, erzählte der Onkel, »so wäre wohl alles anders geworden. Man warnte mich, dieses Land zu kaufen, weil es ungesund sei. Aber es war billig zu haben, und ich meinte, alles besser zu wissen. Ich war stark und abgehärtet, und meine Anna blühte wie eine Rose. Wie sollte uns da Krankheit zu schaffen machen? Der feuchte Boden war fruchtbar und brachte reiche Ernten, und drei Jahre lang waren wir sehr glücklich. Nur eines störte uns manchmal. Anna hatte nach und nach einiges aus meiner Vergangenheit erfahren und bat mich nun innig, nach Hause zu schreiben und Verzeihung von Eltern und Geschwistern zu erbitten. Aber ich wollte nicht. Ich meinte, ich hätte ein Recht auf meine Freiheit gehabt, außerdem hätten sie mich daheim zu streng und hart gehalten und niemand würde sich dort noch um mich kümmern.

Sie schwieg zuletzt, aber es bedrückte uns beide. Sie war gottesfürchtig und wäre gern oft sonntags zu der kleinen deutschen Kirche im Städtchen gefahren. Aber nur selten gönnte ich ihr diese Freude. Die Pferde seien zur Arbeit da und müßten sonntags ausruhen, pflegte ich zu sagen. Nur einmal fuhr ich fröhlich mit, als wir unseren kleinen Sohn zur Taufe brachten. O, was war mein Georg für ein schönes, liebes Kind! Aber als er zwei Jahre alt war, kam so ein nasses Frühjahr wie dieses. Da bekamen sie beide das schlimme Fieber, und o Heinrich! nach wenigen Wochen war es öde und leer um mich her und noch viel öder in meinem Herzen. Du hast den kleinen umzäunten Platz im Wald gesehen und hast dich gewundert, daß mein Blumengärtchen so weit vom Hause weg ist. Dort liegen sie begraben. Ich hatte nie viel Umgang mit den Nachbarn gehabt, nun aber zog ich mich ganz zurück. Manche suchten mich noch ein paarmal auf, dann blieben sie aus, und ich war allein. Seit sechs Jahren lebe ich so. Ich war mehrmals krank, aber doch immer kräftig genug, um das Nötigste zu versorgen. Sonst habe ich fleißig gearbeitet, um die Zeit hinzubringen und die trüben Gedanken zu verscheuchen, aber ohne Freude und ohne Liebe. Nun schenkt mir Gott durch dich noch einmal beides.«

»Nicht durch mich«, rief Heinrich, »eigentlich durch Berta. Ihr zuliebe hab ich die schönen Lieder und Sprüche gelernt, und nur, weil ich immer an sie denken mußte, konnte ich nicht so sein wie Carlo und Hanno. O Onkel, wenn doch ein Brief käme und wir heim könnten! Wenn du mich schon so lieb hast, wie lieb wirst du erst Berta haben.«

Aber es kam kein Brief. Wochen und Monate vergingen, die Sommerhitze kam, und immer noch warteten sie vergebens. Aller drei Tage wurden die Postsachen aus dem Städtchen nach dem Laden gebracht. Heinrich stand jedesmal schon lange da und sah begierig zu, wenn die Briefe ausgeschüttet wurden, aber nie war einer an den Onkel dabei. Nach und nach verließen den armen Jungen Hoffnung und Fröhlichkeit. Er fürchtete, daß Berta gestorben sei und die

Eltern nichts mehr von ihm wissen wollten, weil er daran schuld sei. Der Onkel war nun wieder ganz gesund und sah mit Sorge, daß der Junge immer trauriger wurde. »Heinrich«, sagte er eines Tages, »wir wollen morgen zum Doktor in die Stadt fahren und ihm alles erzählen. Er wird uns am besten raten, was wir tun sollen. Er hat alle Menschen lieb und weiß überall Bescheid.«

Beim Doktor

Ungefähr sechs Meilen vom Hause des Einsiedlers entfernt lag das Städtchen. Die Häuser standen nicht dichtgedrängt in geschlossenen Reihen nebeneinander wie in einer deutschen Stadt, sondern jedes Haus hatte seinen Garten um sich herum, Rasenplätze, Baumgruppen, ja, sogar kleine Felder lagen dazwischen, und die hell gestrichenen Gebäude mit den grünen Fensterläden schimmerten freundlich durch das dichte Laub. So ziemlich in der Mitte, für alle leicht erreichbar, stand das große Haus des Doktors, in dem auch die Apotheke war, die sich unter seiner Aufsicht befand.

Auf der breiten Straße vor dem Hause waren jeden Morgen viele Wagen und Reitpferde angebunden. Denn wer von seinen Patienten noch fahren oder reiten konnte, mußte zu ihm kommen, um sich Hilfe zu holen, sonst wäre er nicht fertig geworden. Hinter dem Haus dehnte sich ein weiter Obst- und Gemüsegarten, von dem die Leute sagten, es sei der fruchtbarste im ganzen Ort. In dürren Jahren, wenn andere Bäume fast leer standen, bogen die des Doktors ihre Zweige unter der Last der Äpfel und Birnen. Die Frau des Arztes hatte mit ihren Helferinnen und Kindern immer alle Hände voll zu tun, um die Mengen von Obst und Gemüse zu trocknen, einzuwecken und aufzubewahren, die unter ihrer Pflege reifte. Ja, das war Gottes Segen. Denn der Doktor brauchte viel, weil er außer seinen sechs Kindern noch viele Gäste hatte.

Vor diesem gastfreien Haus hielt an einem schönen Sommertag der alte Ackerwagen des Einsiedlers. Onkel und Neffe stiegen ab und traten in die Apotheke, wo auf zwei langen Bänken noch eine Menge Leute wartend, plaudernd oder seufzend saßen, obgleich die Sprechzeit sich schon dem Ende zuneigte. Der Einsiedler trug seinen frischgewaschenen grauen Kittel, Heinrich aber war eben in einem Kleiderladen von Kopf bis Fuß neu eingekleidet worden. Denn der Onkel meinte, der Junge fange mit seinem Leben erst an und müsse sich vor den Leuten sehen lassen können. Mit ihm selbst sei es etwas anderes, wer weiß, ob noch jemand nach ihm frage.

Von den Wartenden wurde einer nach dem anderen in das Zimmer des Doktors gerufen. Aber der Zeiger der Uhr näherte sich der Zwölf, und noch immer waren die Bänke nicht leer. »Es ist schade, daß wir uns nicht ein Stück Brot mitgenommen haben«, flüsterte Heinrich dem Onkel zu. »Das geht nicht, der Doktor würde es übelnehmen.« Da schlug es zwölf, und fast zu gleicher Zeit ertönte hinten im Haus ein helles Glöckchen. Der Doktor trat aus seinem Zimmer. Er trug das kleine Kind, dessen verletzten Fuß er eben verbunden hatte, freundlich auf dem Arm. »Nun, wer ist denn noch hier? Lauter Landleute. Ach, da sitzt ja mein Einsiedler, doch nicht wieder krank?« »Nein, nur um einen Rat wollte ich bitten.« »Und Paolo, wie fein du aussiehst! Was soll denn das bedeuten? Aber, zuerst kommt ihr alle mit herein zum Essen. Dann muß ich schnell machen, denn ich habe heute noch weit zu fahren.« Er trug das Kind voraus, und alle folgten gehorsam durch die Hintertür in ein großes, kühles Zimmer, das durch grüne Fensterläden vor der Hitze des Tages geschützt war. Dort stand ein langer Tisch, mit weißem Wachstuch überzogen, an dem für so viele gedeckt war, wie nur Platz daran hatten. Die einfachen, aber guten Speisen waren schon aufgetragen, der Doktor sprach das Tischgebet, seine freundliche Frau füllte die Teller, und nun langte jeder zu, als sei er daheim. So bewirtete der gute Mann täglich alle, die von weither zu ihm kamen. Und Gott ließ in seinen Gärten und Ställen alles besonders gut gedeihen.

Aber die untere Hälfte des Tisches, wo kleinere, buntgeränderte Teller standen, war noch nicht besetzt. »Wo steckt denn das Kindervolk?« fragte der Doktor. »Sie sind nach der Farm gefahren und wollten mittags zurück sein. Sie müssen gleich kommen.« »Du läßt sie zu viel bummeln Sie sollen dir helfen.« »Es sind ja Ferien, und Mariechen hat heute Geburtstag. Da wollten sie sich die Kleine holen. Da sind sie schon.« Man hörte einen Wagen in den Hof rollen. Bald darauf trat die ganze Schar blonder Kinder etwas schüchtern ins Zimmer und füllte die leeren Plätze am Tisch. Als sie aber merkten, daß der Vater nicht ernstlich böse war über ihr Zuspätkommen, sondern ihnen freundlich zunickte, begannen sie halblaut miteinander zu scherzen und der Mutter von den Abenteuern des Vormittags zu erzählen. Heinrich hatte bis jetzt wenig aufgesehen. Er war so an die Einsamkeit gewöhnt, daß er sich unter so viel Fremden beklommen fühlte. Aber die Kinder interessierten ihn. Wie gern hätte er wieder einmal bei einem lustigen Spiel mitgemacht. Verstohlen sah er zu ihnen hinüber. Ja, die beiden munteren Jungen wären gerade die richtigen Spielgefährten für ihn. Und was war der Kleinste für ein prächtiges, dickes Kerlchen, wie behaglich saß er auf seinem hohen Stühlchen und stopfte das Essen in seinen kleinen Mund. Weniger Beachtung schenkte er den drei Mädchen, eines davon schon fast erwachsen, die an der anderen Seite des Tisches saßen. Der einzige dunkle Kopf zwischen so vielen blonden schien wohl das fremde Kind zu sein, das sie von der Farm mitgebracht hatten. »Mama, denk nur, das graue Pferd hat ein Fohlen«, berichteten die Jungen. »Ja«, rief der Kleine dazwischen, »ich ihm Brot geben, aus meiner Hand fressen.« »Du mußt nur einmal mitkommen, Mama«, sagte das älteste Mädchen, »um zu sehen, wie schön Bertas Gärtchen ist, ganz voller Blumen.« »Ei, ich habe ja genug Zeit dafür. Die Mutter will nicht, daß ich ihr bei der Arbeit helfe«, sagte eine leise, sanfte Stimme. »Ist

auch richtig so«, warf der Doktor ein, »werde du erst gesund, mein Bertchen, dann kannst du fleißig sein.«

Heinrich sah auf. Das fremde Kind lachte dem Doktor freundlich zu, und dabei begegneten ihre Augen dem Blick des Jungen. Ein Sonnenstrahl fiel durch eine Lücke des Fensterladens und beleuchtete das blasse Gesicht. Der Junge legte Messer und Gabel weg, vergaß alles um sich her und sah das fremde Kind an. Dieses konnte auch den Blick nicht abwenden und wurde noch blässer. Dann hob es die Hände empor, stieß einen leisen Schrei aus und rutschte ohnmächtig vom Stuhl. Erschrocken sprang die ganze Tischgesellschaft auf, der Doktor wollte das Kind in die Arme nehmen, aber Heinrich kam ihm zuvor. »Das ist ja meine Berta!« rief er ganz außer sich. »O, laßt mich zu ihr, laßt mich sie küssen, dann wacht sie wieder auf! O wie kann sie denn hier sein? Haben die Engel sie über das Wasser getragen?« Bald lag das Mädchen auf dem Sofa im Zimmer des Doktors, ihr Kopf ruhte in Heinrichs Schoß. Seine Tränen tropften auf ihre Wangen, seine Hände streichelten ihr dunkles Haar. Da schlug sie die Augen auf und schlang die Arme um den Bruder. Lange, lange hielten sie sich umschlungen, und niemand störte sie. Sie wußten nicht, wie es möglich war, daß sie sich wiederfinden konnten, aber sie fragten jetzt nicht danach. Sie waren beisammen, und das war genug.

Endlich brach der Doktor das Schweigen: »Du hast recht, mein Junge, die Engel haben dein Schwesterchen hergetragen, denn das ist ein Wunder, daß ihr euch hier wiederfindet. Sie haben aber auch deine Eltern mitgebracht. Nicht weit von hier ist ein Landhaus, in dem sie wohnen. Ich habe nach ihnen geschickt, und sie werden bald hier sein. Aber hast du nicht gesagt, Berta, dein Bruder sei ertrunken?« »Sie haben einen toten Jungen im Wasser gefunden«, antwortete das Kind mit zitternder Stimme, »und alle sagten, das sei mein Heinerle. Seine Kleider, sein Haar und alles an ihm war ähnlich. Aber es war weit weg, und wir konnten ihn nicht sehen.« »Dann ist es der richtige Paolo gewesen«, erklärte Heinrich, »der arme Junge, der das Äffchen getragen hat. O, ich will alles erzählen, nur jetzt nicht, jetzt laßt mich nur bei meiner Berta sein.« Und wieder lehnten die beiden Kinder glücklich die Köpfe aneinander, so daß die Frau des Doktors bei ihrem Anblick die Tränen nicht mehr zurückhalten konnte.

Durch die offene Tür aber blickten die sechs blonden Kinderköpfe fast ehrfürchtig auf das Zwillingspaar, das so viel erlebt hatte. Dahinter stand mit gefalteten Händen ein Mann im groben, grauen Kittel. »O Onkel«, rief Heinrich, »komm doch und sieh dir meine Berta an. Keine Angst, Berta, es ist Onkel Heinrich. Er ist so gut, wenn er auch aussieht wie der Robinson in deinem Buch. Wenn er mich nicht aufgenommen hätte, als ich mit der Kuh hereinkam, wäre ich bestimmt weit weggelaufen und hätte dich hier nie mehr gefunden.«

Während nun der Onkel mit Berta redete und ihr mit kurzen Worten erklärte, wie alles gekommen war, kam Bewegung in die Kinderköpfe an der Tür. Ein Mann und eine Frau in einfacher Arbeitskleidung drängten sich herein. »Wo ist mein Junge?« fragte die Frau atemlos. »Mutter!« rief Heinrich und hing schon an ihrem Hals. O wie glücklich war er! Wie unbegreiflich war es ihm jetzt, daß er damals weggelaufen war. »O Mutter, vergib mir!« schluchzte er. »Ja, von ganzem Herzen, mein Kind, so wahr Gott mir vergibt, was ich an dir versäumt habe.« Dem Vater schien die ganze Sache noch nicht recht klar zu sein. Er stellte den Jungen vor sich hin und musterte ihn von Kopf bis Fuß. »Komm her, Berta«, sagte er endlich, »ich muß euch nebeneinander ansehen. Ja, du bist's wirklich, mein Heiner. Ich kann mich nicht täuschen. Aber du bist gewachsen und hast deine Schwester eingeholt. Und den bösen Schlingel hast du hoffentlich draußen in der Welt gelassen.« Dann aber legte er die Hände auf die Köpfe der Kinder und sagte: »Es ist ein Wunder geschehen. Wir wollen Gott dankbar sein und ihm von jetzt an zusammen dienen.«

Inzwischen hatte der Einsiedler seiner Schwester die Hand gereicht und sich zu erkennen gegeben. Die beiden hatten sich als Kinder nie besonders gemocht. Der übermütige Bursche hatte die Schwester oft geärgert. Aber das war nun alles vergeben und vergessen. Frau Burkhardt dachte nur noch daran, daß auch sie so manches an dem Bruder versäumt hatte. »Du mußt mit zu uns kommen und bei uns wohnen«, sagte sie, »damit ich dir nun umso mehr meine Liebe zeigen kann.« Darauf wollte der Einsiedler aber nicht eingehen. Er sei ein Sonderling durch und durch, meinte er, und passe nicht mehr unter Menschen. Auch habe er sein Vieh und seine Landwirtschaft daheim. Die Schwester möge den Kindern nur erlauben, ihn manchmal zu besuchen.

Als es endlich Zeit zur Heimfahrt wurde und er allein auf seinem Wagen saß, sprang Heinrich noch einmal zu ihm hinauf, um ihm zu danken und Grüße aufzutragen an das Pony und die Hühner, die ihn arg vermissen würden. Da hielt der einsame Mann den Jungen lange fest umschlungen, und als er ihn endlich von sich ließ und eilig davon fuhr, rollten einige Tränen in seinen langen Bart.

Wieder beisammen

Wieder beisammen! Das war für lange Zeit der erste Gedanke der Zwillinge, wenn sie morgens die Augen aufschlugen. Zusammen traten sie hinaus in den kühlen, durch Obstbäume beschatteten Hof. Wie schön war es doch hier! Berta sah es jetzt erst richtig, da sie es dem Bruder zeigen durfte. Der Lebensmut, der ihr so lange gefehlt hatte, war mit einem Mal wiedergekommen. Wie dufteten die Blumen im Garten! Wie rauschten die Bäume im Morgenwind! Wie glänzte das Wasser des kleinen Teiches, auf dem sich Enten und Gänse schon lustig tummelten! Hühner und Tauben flatterten zutraulich um die Kinder her, ihr Futter erwartend. Dann gingen sie zur Mutter, die schon in den Ställen beschäftigt war. Heinrich mußte die glatten Kühe und kräftigen Pferde bewundern. Wie freute sich der Vater, daß er mit den Tieren so gut umzugehen wußte. Nach wenigen Tagen kannten sie ihn alle und ließen sich gern von ihm versorgen. Beim Frühstück schmeckte die Milch viel besser als sonst. Immer neu durfte die Mutter Bertas Becher füllen. Sie wollte nun gern bald wieder kräftig werden, um mit dem Bruder zu arbeiten und zu lernen. Vorerst war sie noch zu schwach, aber zusammen mußten sie immer sein von früh bis abends. Wenn Heinrich mit der Mutter im Garten hackte und jätete, saß Berta eifrig strickend und nähend unter einem Baum. Es gab ja nun viel anzufertigen für den Bruder, der nichts anzuziehen hatte als den grauen Kittel und die schönen Sonntagssachen, die der Onkel gekauft hatte. Half aber Berta in der Küche, so drängte sich auch Heinrich mit hinein, nicht, um zu naschen wie damals, nur, um bei der Schwester zu sein und ihr jede Mühe abzunehmen, wo er nur konnte. Und wie geschickt stellte er sich überall an. Wie lachte Berta, als er der Mutter die Wäsche einseifen half, und wie gut schmeckten die Eierkuchen, die er beim Onkel zu backen gelernt hatte. Nachmittags trugen sie gemeinsam dem Vater das Vesperbrot aufs Feld und besuchten dabei das hübsche Fohlen, das mit seiner Mutter auf der mit Buschwerk umgebenen Wiese weidete. Zutraulich fraß es den Kindern aus der Hand und sprang lustig nebenher, wenn sich Heinrich auf das Pferd schwang, das Schwesterchen zu sich emporhob und langsam rings um den grünen Platz trabte. Nie hätte sich sonst das schüchterne Mädchen auf ein Pferd gewagt, aber wenn Heinrich den Arm um sie geschlungen hatte, fürchtete sie sich nicht und jubelte laut auf, wenn es jeden Tag besser und schneller ging. Wenn sie dann Hand in Hand heimwärts wanderten, schütteten sie einander ihre Herzen aus und redeten oft von der schweren Zeit der Trennung, die hinter ihnen lag.

»O, Heinrich!« sagte Berta, »nie bin ich so richtig froh gewesen die ganze lange Zeit. Ich hab' mich immer, immerzu nach dir gesehnt.« »Ja, du bist gut und hattest mich immer so lieb«, erwiderte Heinrich. »Aber ich war zuerst ganz ausgelassen, auf dem Schiff und auch oft noch im

Zirkus. Aber nach und nach wurde mir's immer einsamer zumute. Ich habe mich immer mehr nach dir gesehnt und hab' oft geweint, bis das Stroh ganz naß wurde. Dann hab ich immer den lieben Gott gebeten, er soll mich doch in den Himmel nehmen, damit ich dich dort wiederfinde.« »Darum bist du auch so lieb jetzt. Der liebe Gott hat dich beschützt. Er brauchte mich gar nicht dazu und auch nicht das Kreuzchen.« »Meinst du das, was du umhast?« fragte Heinrich verwundert. »Nein, das, was mir die Großmutter gegeben hat. Ich will dir alles erzählen. Es ist ja jetzt kein Geheimnis mehr.«

Mit Tränen in den Augen hörte Heinrich, wie sich die Schwester um ihn gesorgt hatte, und wie sie wegen des Versprechens sogar ihr Leben für ihn gewagt hatte. »Ach, Berta«, sagte er traurig, »ich hab' dir doch das ganzes Leben verleidet. Erst hast du dir jahrelang Sorgen um mich gemacht und dann wieder so lange Zeit Kummer wegen mir gehabt.« »Sprich doch nicht so, Heinrich, du bist ja meine ganze Freude. Sieh, seit du wieder da bist, geht mir's besser als sonst. Jeden Morgen, wenn ich aufwache, ist mir's, als wär ein Festtag. Und die ganze Welt ist so schön geworden, seit ich dich wieder hab.« »Wenn das kleine Kreuz nicht weg wäre, müßtest du mirs schenken. Wenn ich es dann ansehen würde, könnte ich nichts Böses tun.« Berta schwieg eine Weile, dann sagte sie nachdenklich: »Ich weiß ein besseres Kreuz. Wenn man das ansieht, kann man bestimmt nichts Böses tun.« »Du meinst das, an dem Jesus gestorben ist. Ja, da hast du recht. Ich kenne ihn jetzt auch, ich glaube an ihn und möchte ihm gern gehorsam sein. Aber sieh, die Mutter steht schon vor der Tür und wartet auf uns.« Die Kinder liefen um die Wette auf sie zu, und sie umschlang beide mit ihren Armen.

Am schönsten aber wurde es abends, wenn alle nach der Arbeit beisammen vor dem Hause saßen. Manchmal lauschten sie nur still den Vögeln, die im nahen Wald zwitscherten; manchmal erzählten sie sich auch die Erlebnisse der letzten Jahre. Freilich regte sich dann oft das Heimweh nach dem alten Vaterland mit seinen Bergen und Tannenwäldern und so vielen vertrauten Freunden. Aber sie waren ja hier so glücklich, und Gott hatte alles so wunderbar gefügt. Allerdings wurde dem Vater die Feldarbeit recht sauer. Manches mißlang ihm aus Mangel an Übung und Erfahrung. Auch der beste Landarbeiter kann ja einen kundigen Bauern nicht ersetzen.

Darum freuten sich alle, wenn an manchen Abenden von ferne Hufschlag ertönte und die Zwillinge dem Onkel entgegenlaufen konnten, der auf seinem Pony angetrabt kam. Der wußte überall zu raten. Er blieb auch 'mal einen Tag da, um irgendwo zu helfen. Aber immer zog es ihn wieder in seine Einsamkeit zurück. Wenn er dann spät abends wieder fortritt und hinter sich das Abendlied hörte, das die glückliche Familie anstimmte, wurde ihm ganz weich ums Herz, und seine Einsiedlerhütte erschien ihm recht öde und verlassen. Ab und zu besuchten ihn zwar die Zwillinge, die dann auf dem weißen Pferd ritten, aber der Weg war zu weit für Berta, darum geschah das nur selten einmal.

In diesen glücklichen Wochen lastete doch noch eine Sorge auf Heinrichs Herzen: Er wußte ja noch nicht, ob ihm Röslers wieder gut waren. Der Onkel hatte ihm aus seinem Sparstrumpf einige neue Geldscheine geschenkt. Diese hatte er wohlversiegelt an den Paten geschickt mit der Bitte, sie in das Kästchen zu legen und ihm seinen Diebstahl zu vergeben. Nach einigen Wochen kam Antwort. O, wie freuten sich die guten, alten Röslers, daß Heinrich gerettet war und daß ihr liebes Patenkind Berta nun wieder fröhlich und gesund wurde. Herzlich gern verziehen sie dem Jungen und ermahnten ihn, nur frisch und getrost auf dem guten Wege weiterzugehen; das Alte sei längst vergessen.

Nun war auch der letzte Druck von Heinrichs Herzen genommen, und er fand bald seine ganze kindliche Fröhlichkeit wieder. Wenn am Sonntag nach der Kirche die Kinderschar des Doktors mit hinauszog, um den Nachmittag auf der Farm zu verleben, wußte niemand so schöne Spiele vorzuschlagen wie er. Die kleinen Jungen hielten ihn für eine sehr wichtige Person, weil er so viel gesehen und erlebt hatte und baten ihn so lange, bis er seine Zirkuskünste zum besten gab. Wenn sich dann alle wunderten, wie flink er klettern, wie hoch er springen und wie zierlich er tanzen konnte, meinte der kleine Paul, es müsse doch eigentlich ganz hübsch gewesen sein und den Riesen und den Zwerg möchte er auch gern einmal sehen. Heinrich schüttelte dann ernst den Kopf und sagte: »Du müßtest es nur versuchen, Paulchen. Du würdest dir in der ersten Nacht die Augen ausweinen vor Sehnsucht nach der Mama. Komm, wir wollen das dumme Zeug vergessen und mit Berta auf der Wiese Ball spielen.« War dann das Spiel im vollen Gange, so kam der Doktor mit seiner Frau, um die Kinder abzuholen. Neckend fing er den Ball auf und schleuderte ihn hoch in die Luft, daß es schien, als verschwände er im klaren Abendhimmel, und es freute ihn, wenn die ganze Schar jubelnd und springend danach haschte. »Wie doch mein Bertchen springen kann!« rief er freudig. »Wer hätte das vor einem halben Jahr gedacht? Heinrich, du bist ein Tausendkünstler, du kannst besser kurieren als ich. Aber wie steht's mit dem Lernen? Am Montag fängt die Schule im Städtchen wieder an. Da mußt du mit Berta kommen. Der Weg wird ihr gut tun, wenn du mit ihr gehst. Mittags eßt ihr bei uns, und bei schlechtem Wetter könnt ihr auch über Nacht bleiben.«

Das war neue Freude und neue Sorge. Berta hatte ja immer für sich gelernt, und die Mutter hatte ihr eifrig geholfen. In Heinrichs Hände aber war die ganze Zeit über kein Buch gekommen außer der Bibel des Onkels. In den ersten Wochen schämte er sich manchmal sehr. Mit dem Lesen ging es ja gut, aber schreiben und rechnen konnte der achtjährige Paul viel besser als er. Nun zeigte es sich aber, daß die Großmutter doch nicht so unrecht gehabt hatte, wenn sie sagte, der Heinrich sei sehr klug und werde besser lernen als alle anderen. Allen Eifer und alle Kraft, die er früher auf Dummheiten und tolle Streiche verwendet hatte, richtete er jetzt auf das Lernen. Fleiß und Ausdauer hatte er unter

Furcht und Zittern bei dem Italiener gelernt, nun übte er es in Freude und Liebe und kam so rasch vorwärts, daß Berta nicht genug davon erzählen konnte. Es war ja auch das reine Vergnügen, so dazusitzen und sich so viel Schönes erzählen und zeigen zu lassen. Und wie freundlich war der Lehrer! Da gab es keine Mißhandlungen und Schimpfworte wie bei den schrecklichen Musikstunden im Wald, kein Hohngelächter bei jedem Mißgriff wie im Zirkus. Und wie gut kam er mit den Kameraden zurecht! Der mutwilligste unter ihnen war doch noch freundlicher als der boshafte Hanno.

Unter fleißiger Arbeit und fröhlichem Spiel kam der Herbst heran. Schon brauste auf dem weiten Schulweg ein rauher Wind um die Kinder her, riß das bunte Laub von den Bäumen und wirbelte es hoch in die Luft. »Kinder«, sagte die Mutter an einem schulfreien Tag, »wenn ihr den Onkel noch einmal besuchen wollt vor dem Winter, so macht es heute. Wir werden bald Schnee bekommen, und dann ist's, für Berta wenigstens, aus mit so weiten Wegen.« »Das paßt ja herrlich!« rief Berta. »Gerade sind die warmen Strümpfe fertig, die ich für den Onkel gestrickt habe.« »Und ich will ihm zeigen, wie schön ich schon Englisch lesen kann«, meinte Heinrich, »da freut er sich bestimmt.«

Munter trabten die Kinder davon. Das Pferd durfte jetzt schon schnell laufen, Berta fürchtete sich nicht mehr. Sie trafen den Onkel bei mühsamer Arbeit. Er stand mit aufgekrempelten Ärmeln auf der kleinen Veranda und wusch seine Wäsche. Der Seifenschaum spritzte weit um ihn her, und doch kam es Berta so vor, als ob die ausgewrungenen Stücke nicht sehr weiß aussähen. Sie fand es fast lächerlich, denn noch nie hatte sie einen Mann bei solcher Arbeit gesehen, aber sie war viel zu taktvoll, um sich das anmerken zu lassen. Es waren jedoch nur wenige Stücke. Mit Hilfe der Kinder hingen sie bald sauber gespült auf der Leine im Hof, und alle drei traten in die Küche, um mit vereinten Kräften das Mittagessen zu bereiten. Dazu hatte die Mutter allerhand Gutes in einem Korb mitgegeben. Berta fand immer viel zu ordnen und zu putzen im Haushalt des Onkels, und er ließ sie überall gewähren und ging sehr sorgfältig um mit allem, was sie in Ordnung gebracht hatte. Sie hatte sein Herz gewonnen, denn ihr sanftes und doch so heiteres Wesen erinnerte ihn an seine Anna.

»Ach, Onkel«, begann Heinrich während der gemütlichen Mahlzeit, »nun kommt der Winter. Wirst du dich da nicht sehr einsam fühlen? Werde ich dir nicht fehlen? Weißt du noch, wie wir oft erzählt haben an den langen Abenden und so viele schöne Sachen gemacht?« »Ich lebe ja schon viele Jahre so allein«, meinte der Onkel, »denkst du, ich kann es nicht ebenso gut aushalten ohne dich kleinen Kerl?« »Aber du warst doch oft so traurig, in der Nacht habe ich dich manchmal seufzen hören. Wenn das nur nicht wiederkommt in den langen, dunklen Nächten.« »Das kommt nicht wieder. Ich weiß jetzt, wo ich Trost suchen muß.« »Aber mir wäre doch lieber, du kämst zu uns«, sagte Berta. »Denk nur, wenn du wieder krank würdest und so ganz allein! Die Mutter meint auch, sie könnte dir besseres Essen kochen als du dir selbst. Und ich will so gern alles für dich flicken und sauberhalten, du brauchtest dich dann nicht so zu plagen.« »Laß mich doch, Kind. Für mich ist das Schlechteste gut genug. Ich merke gar nicht, was ich esse. Und wenn mein Kittel zerrissen ist, sieht es niemand als das Vieh, und dem ist es ganz egal.« »Das ist alles nicht das Schlimmste«, erwiderte Berta zögernd, »ich begreife nicht, wie du's so allein aushalten kannst. Wenn ich so einen Tag nach dem anderen einsam leben sollte und könnte niemandem etwas Liebes tun, ich glaube, das Herz würde mir zerspringen.«

Warum wurde der Onkel so ernst und sah lange nachdenklich vor sich hin? Berta fürchtete fast, sie habe etwas Falsches gesagt und er sei ihr böse. Das konnte aber nicht sein, denn beim Abschied küßte er sie auf die Stirn, was er noch nie getan hatte. Als er dem forttrabenden Pferd nachsah und Bertas weißes Tüchlein noch durch die Bäume winkte, sprach er vor sich hin: »Das Kind hat recht. Ich lebe Tag für Tag, als lebte ich nicht, denn ich tue niemandem etwas zuliebe. Ist es vielleicht deshalb, daß mir oft das Herz vor Schmerz zerspringen will?«

Der erste Schnee war gefallen, aber schnell hatte ihn die Sonne wieder weggeleckt, und einige schöne Spätherbsttage gaben den Menschen Zeit, noch die letzten Vorbereitungen auf den kalten Winter zu treffen. Da bewegte sich eines Tages ein seltsamer Zug durch den Wald und die Landstraße entlang, die durch das Städtchen hinaus nach der Farm des Doktors führte. Voran ritt Heinrich auf dem Pony, dann kamen die Ackerwagen des Onkels und des Vaters, hoch beladen mit verschiedenem Hausrat. In einem großen, mit Netzen verschlossenen Kasten gackerten verwundert die Hühner, und das Schwein lag behaglich auf Stroh in der Waschwanne. Am hintersten Wagen war die Kuh angebunden, ein schönes geflecktes Kalb lief neben ihr, und ein dunkelbraunes Fohlen umkreiste in lustigen Sprüngen den Zug. Vor dem Hause des Doktors standen die sechs Kinder und begrüßten mit lauten Hurrarufen den kleinen Vorreiter. Da ließ der Onkel anhalten, stieg ab, nahm etwas, das mit einem Vorhang verdeckt war, vom Wagen und trug es ins Haus. Dort war vor wenigen Tagen das siebente Kind angekommen, das sollte nun in der Korbwiege des kleinen Georg schlafen.

Frau Burkhardt hätte so gern dem Bruder das beste Zimmer im Haus eingeräumt. Er zog aber eine alte hölzerne Bude vor, die im Farmhof stand und bisher als Sommerküche benutzt worden war. Die wurde schön gesäubert, und sein Bett und Stuhl, Tisch und Schrank hatten gerade Platz darin. Die schönen Sachen seiner lieben Anna gab er den Zwillingen zur Benutzung. Das Haus im feuchten Tal blieb unbewohnt und verfiel mit der Zeit. Unkraut überwucherte die Felder, Hasen und Eichhörnchen tummelten sich im Garten. Nur der kleine eingezäunte Platz im Walde, wo Anna und Georg schliefen, wurde fleißig besucht.

Still und ernst blieb der Onkel für immer und zog sich gern in seine Hütte zurück, wie sein Häuschen genannt wurde. Aber die Zwillinge hatten immer freien Zutritt bei ihm. Auf der Farm war bald seine fleißige Hand zu spüren. Dem Vater wurde es jetzt erst richtig wohl, da er sich nach den Anordnungen des erfahrenen Schwagers richten konnte. In wenigen Jahren waren die beiden imstande, dem Doktor die Farm abzukaufen. Auch das Geld aus dem Strumpf wurde mit dazu verwendet.

Es war im Frühling des dritten Jahres, nachdem die Kinder sich wiedergefunden hatten. Am Palmsonntag schien die Sonne warm und hell auf die kleine Kirche im Städtchen und ließ das goldene Kreuz auf der Turmspitze funkeln und glänzen. Da begannen die Glocken zu läuten und ein feierlicher Zug näherte sich der mit grünen Ranken geschmückten Pforte. Es waren die Kinder, die heute konfirmiert werden sollten. Zwei und zwei gingen sie, voran die Jungen in neuer, festlicher Kleidung, dann die Mädchen in schlichten, weißen Kleidern und Myrtenzweigen im Haar. Den Schluß des Zuges bildeten ein Mädchen und ein Junge. Sie gingen Hand in Hand und überragten ihre Gefährten. Gleich groß und einander so ähnlich! Das selbe dunkle, leicht gelockte Haar, die selben verständigen Augen und der tiefe Ernst im ganzen Ausdruck, den man sonst bei Kindern kaum findet. Unter den Klängen der Orgel zog die junge Schar ins Gotteshaus. »Wer sind denn die letzten?« flüsterte es hier und da. »Es sind Burkhardts Zwillinge, ein Junge und ein Mädchen!«

Margarethe Lenk

Waldbauers Friedel

Format 11,5 x 18,5 cm, 132 Seiten, mit Illustrationen von H. Donnerhack, Paperback, DM 5.90
ISBN 3-910153-17-8

Eine Erzählung aus der Zeit um 1730. Sprachlich für die Neuherausgabe bearbeitet von A. Holland-Moritz.

Das Buch schildert das bewegte Schicksal eines salzburgischen Waisenjungen, der durch besondere Umstände den Zug der evangelischen Auswanderer verfehlt. Nach jahrelanger Wartezeit versucht er doch noch, seine Landsleute zu finden. Der bekannten Kinderbuchautorin (1841-1917) gelingt es, spannend und unterhaltsam an wenig bekannte geschichtliche Ereignisse heranzuführen.

Concordia Verlag - Zwickau

Gott hält sein Wort

Format 17 x 22,5 cm, 224 Seiten, gebunden (mit farbigem Titelbild), DM 10.80

ISBN 3-910153-01-1

Kinderbibel zum Ausmalen mit 125 Zeichnungen von Paula Jordan, biblische Geschichten ausgewählt und nacherzählt von Rosemarie Hoffmann und Gottfried Herrmann.

Die Nacherzählungen bemühen sich um eine kindgemäße Sprache. Sie sind für Kinder im Vorschul- und Erstlesealter gedacht. Dabei wird auf eine Ausschmückung der Texte bewußt verzichtet. Nur vereinzelt sind nötige Erklärungen eingefügt. Diese Erzählweise will Kinder an die eigene Benutzung der Bibel heranführen.

Elisabeth Reuter

Der Welt Heiland

24 farbige Bilder aus dem Leben Jesu, Format 7 x 10 cm, 44 Seiten, geheftet, DM 1.00
ISBN 3-910153-00-3

Dieses handliche Heft möchte Kinder im Vorschulalter ansprechen und über seine freundlichen Bilder zum Erzählen und Nacherzählen biblischer Geschichten einladen. Jedem Bild ist ein kurzer Bibeltext beigefügt, der zur näheren Beschäftigung mit der jeweiligen Geschichte anregt. Ausgewählt wurden Ereignisse aus dem Leben Jesu, die ihn als Heiland der Welt erkennen lassen.

Gott ist für uns

Andachten für jeden Tag. Herausgegeben im Auftrag der Evangelisch-Lutherischen Freikirche von Stephan Müller. Format: 11,5 x 16,5 cm, 96 Seiten, geheftet, Vierteljahreshefte (Fortsetzungsbezug möglich) je DM 3.50
ISBN 3-910153-22-4

Evangelisch-Lutherischer Volkskalender

Jährlich herausgegeben von Günter Meinhold, Format 14,7 x 20 cm, 80 Seiten mit zahlreichen Abbildungen und aktuellem Adressenverzeichnis der Ev.-Luth. Freikirche, Paperback mit farbigem Umschlag. DM 3.80
ISBN 3-910153-21-6

Concordia Verlag - Zwickau
